DistelLiteraturVerlag

Jean-Patrick Manchette, geboren 1942 in Marseille, liebte Jazz, Kino und Literatur. Entsprechend virtuos wußte er Bilder aus Alltag, Abenteuer und Sozialkritik mit den Klängen eines großen *roman noir* zu verbinden. Durch seinen erzählerischen Reduktionismus, knappe Dialoge, kurze Sätze, und hintergründigen Humor hat Manchette – an die Tradition von Raymond Chandler und Dashiell Hammett anküpfend – eine moderne, auf Europa zugeschnittene Form des amerikanischen «hard-boiled» Krimis gefunden. Manchette gilt als Begründer des neueren sozialkritischen französischen Kriminalromans, des sogenannten *néo-polar*. Er arbeitete als Drehbuchautor und veröffentlichte u. a. zehn Kriminalromane, von denen die meisten verfilmt wurden, so «Nada» von Claude Chabrol, «Morgue pleine» («Volles Leichenhaus») von Jacques Bral und «Que d'os!» («Knüppeldick») von und mit Alain Delon.
1995 starb Manchette im Alter von nur 52 Jahren in Paris. Er wurde zur Leitfigur für eine neue Generation von Krimiautoren in Frankreich.

Jean-Patrick Manchette

Knüppeldick

Aus dem Französischen von
Christina Mansfeld und Stefan Linster

DistelLiteraturVerlag

Deutsche Ausgabe

Sonnengasse 11, 74072 Heilbronn
Die Originalausgabe erschien 1976
unter dem Titel «Que d'os!» in der Série Noire
bei Éditions Gallimard (Paris)

Druck und Bindung: Fritz Steinmeier, Nördlingen
Umschlagentwurf: Jürgen Knauer, Heilbronn
ISBN 3-923208-44-8

1

Das Telefon klingelte. Ich setzte ein entschuldigendes Lächeln auf und nahm den Hörer ab.

«Detektei Tarpon», sagte ich möglichst kaltschnäuzig.

«Sind Sie's, Tarpon, ja? Coccioli am Apparat. Kriminalbeamter Coccioli. Wissen Sie noch, ja?»

«Ja.»

«Ich schicke Ihnen einen Klienten. Da sind Sie platt, was?»

«Ein bißchen schon.»

«Ist aber so», sagte der Kripobeamte Coccioli. «Ich hab nämlich an Sie gedacht, weil das ein besonderer Fall ist. Eine alte Dame.»

«Ich weiß». Ich blickte auf die alte Dame, die mir gegenüber am Schreibtisch hockte, lächelte sie nochmals entschuldigend an und zwinkerte ihr zu, um ihr begreiflich zu machen, daß es nicht lange dauern würde. Sie zwinkerte zurück und lächelte verkrampft. Offensichtlich saß sie nicht bequem in dem Kunstledersessel; sie hätte sicher lieber einen Stuhl gehabt; sie war eine von der Sorte, die immer vorgebeugt auf der Stuhlkante sitzt, sich mit ihren spitzen Ellenbogen auf dem Schreibtisch abstützt und einem ihr spitzes Gesicht entgegenstreckt, um dann lange zu reden und lange rumzudiskutieren, eine, die Post- und Versicherungsangestellte ewig belagerte, weil sie ständig was erklärte, rumdiskutierte und Erklärungen verlangte, eine von dieser Sorte eben. Sie fühlte sich nicht wohl in dem Kunstledersessel, weil sie da nicht mit ihrem spitzen Hintern am Rand sitzenbleiben konnte, sie rutschte andauernd nach hinten. Als alte Dame würde ich sie übrigens nicht bezeichnen, aber na ja.

«Ach so, sie ist schon bei Ihnen?» meinte Coccioli am anderen Ende der Leitung.

«Ja.»

«Gut, hören Sie, ich werd Sie wieder anrufen, dann erklär ich Ihnen alles, ich will Ihnen bloß noch kurz sagen, warum ich sie zu Ihnen geschickt habe: es ist nämlich die Freundin einer Verwandten, wissen Sie, und sie wollte sich unbedingt an einen Privatdetektiv wenden, wie sie sich ausdrückte. Ich mußte sie also zu jemandem schicken, sonst hätte sie sich von irgendeinem Gauner übers Ohr hauen lassen. Seien Sie so nett, hören Sie sich ihre kleine Geschichte an, aber sagen Sie ihr bloß nicht, daß das, was sie will, nicht geht. Hm? He, Tarpon, sind Sie noch dran?»

«Ja.»

«Gut. Sagen Sie ihr auf keinen Fall, daß es nicht geht, hm?»

«Mal sehen», sagte ich. «Das hängt von meinem Urteil ab.»

«Wie?» meinte der Kripomann vollkommen verdutzt. «Was für ein Urteil?»

«Meins. Mein Verstand. Sie wissen schon, so was wie Verstand, Urteilsvermögen, freier Wille, müssen Sie doch schon mal gehört haben.»

«Genau, seien Sie ruhig geistreich, ist ja auch der passende Zeitpunkt», meinte Coccioli entzückt. «Hören Sie, verklickern Sie ihr, daß Sie die Sache übernehmen werden und ungefähr vierzehn Tage brauchen, für zwanzigtausend alte Franc die Woche. Wir hätten Ihnen verdammt viel Ärger machen können im letzten Jahr, mein lieber Tarpon, wegen der Sache Sergent, da sind Sie uns noch eine Kleinigkeit schuldig. Wenn Sie ihr mehr als vierzig Mille abknöpfen, kriegen Sie es mit mir zu tun. Die ist total pleite, mein Gott, zeigen Sie doch ein bißchen Herz, Tarpon, verdammt.»

«Ich hab noch nicht abgelehnt», bemerkte ich. «Mal sehen. Rufen Sie mich in einer knappen Stunde wieder an.»

«Sie brauchen nichts zu machen, Tarpon. Da ist übrigens auch nichts zu machen. Nehmen Sie die vierzig Riesen, legen Sie die Hände in den Schoß, und nach vierzehn Tagen sagen Sie ihr, daß nichts dabei herausgekommen ist, und fertig. Haben wir uns da verstanden?»

Ich seufzte und legte den Hörer auf. Ich stützte meine Ellenbogen auf den Schreibtisch, faltete beide Hände unter dem Kinn und betrachtete die Dame liebenswürdig, zuvorkommend und scharfsinnig. Sie trug ein Kleid aus Liberty-Baumwolle, das noch aus der Zeit der Liberty-Schiffe stammen mußte, malvenfarben gehalten (das Kleid), eine schwarze Strickjacke, schwarze Strümpfe, schwarze Schnürschuhe mit Dreizentimeter-Blockabsatz und einen schwarzen gelackten Strohhut. Sie erinnerte mich an meine Mutter, die im Departement Allier lebt; doch meine Mutter ist siebzig Jahre alt; die Dame mochte gut zehn Jahre jünger sein; deshalb würde ich sie nicht als alte Dame bezeichnen; trotzdem sah man, daß sie irgendwie vergreist war, vielleicht erst seit einigen Tagen, wahrscheinlich ganz plötzlich, weißes Haar und wächserner Teint, weder Schminke noch Schmuck, nur eine dicke falsche Perle an der Hutnadel. Sie hatte eine große schwarze Tasche dabei, aus der sie einen 22 x 28 cm Kraftpapierumschlag zog.

Darin befanden sich handgeschriebene Seiten und Fotos unterschiedlichster Formate, Amateuraufnahmen, auf denen hauptsächlich die Tochter der alten Dame in verschiedenen Lebensabschnitten, von der Geburt bis zum Alter von sechsunddreißig Jahren, zu sehen war. Das weiß ich, weil die alte Dame die Fotos herausnahm, sie auf den Schreibtisch legte und jeweils Erklärungen dazu abgab. Hin und wieder schaute sie in ihren Aufzeichnungen nach.

Diese Unmenge Fotos war meines Erachtens nicht nötig. Eine der letzten Aufnahmen hätte genügt, aber die alte Dame bestand darauf, mir das Leben ihrer Tochter bis ins Detail zu schildern, was wiederum ganz nützlich war, und es mit Bildern zu belegen.

Sie erzählte mir also ihre kleine Geschichte. Ich sagte ihr, daß Polizei und Gendarmerie für die von ihr gewünschte Arbeit viel besser ausgerüstet seien als ich. Weil sie ihre spitzen Ellenbogen nicht auf die Schreibtischplatte stützen konnte, krallte sie sich mit beiden Händen an der Kante fest und erklärte mir, daß sie sich natürlich an die Polizei gewandt habe, aber dort sei ihr ständig gesagt worden, sie müsse sich gedulden und es gebe nichts Neues; und sogar ein Inspektor, den sie persönlich kenne, das heißt über eine Freundin ihrer Schwester, Inspektor Coccioli selbst habe ihr geraten, sich an mich zu wenden.

«Normalerweise nehme ich mindestens zweihundertfünfzig Franc pro Tag, zuzüglich Spesen», sagte ich. (Ich log. Ich nehme mehr. Na ja, wenn ich kann.) «Sehen Sie, das wird ziemlich kostspielig, wenn alles nur vom Zufall abhängt.»

«Ich habe mir genau überlegt, was ich dafür aufwenden könnte, also eintausend neue Franc», sagte die alte Dame.

Ihrem Gesichtsausdruck nach zu urteilen hatte man das Gefühl, daß das ihre gesamten Ersparnisse waren.

«Wissen Sie, ich schlage Ihnen folgendes vor», sagte ich spontan und energisch. «Für vierhundert Franc kümmere ich mich, sagen wir mal etwa vierzehn Tage lang, während meiner freien Zeit um Ihre Angelegenheit.»

«Haben Sie viel freie Zeit?»

«Eigentlich ja, ziemlich viel», sagte ich.

Eigentlich hatte ich praktisch seit fünf Wochen nicht mehr gearbeitet. Davor ein bißchen Überwachung wegen versuchter Brandstiftung in einem Lagerhaus, und gegenwärtig bemühte ich mich, herauszubekommen, ob einer der sechs Angestellten eines Apothekers sich aus der Kasse bediente, wie der Geschäftsinhaber mutmaßte.

Die alte Dame überlegte und sagte, das sei ihr recht. Sie stellte mir einen Postscheck aus. Wir gaben uns die Hand, ich begleitete sie zur Tür, wir gaben uns noch einmal die Hand, und sie ging.

Ich sah auf meine Uhr. Fast sechs Uhr, und es war Sonnabend, Bébert-Tag. Bébert, das war Albert Pérez, 29 Jahre, seit drei Jahren Laborant in Judes Apotheke Le Bocal, Paris, 6. Arrondissement. Der Chef liebt Schüttelreime. Er ist so typisch französisch urwüchsig, daß ich danach immer einen langen Verdauungsspaziergang brauche. Übrigens heißt er tatsächlich Jude.

Ich band meinen schwarzen Schal um, zog meinen grauen Paleton über den braunen Anzug. Coccioli hatte nicht noch mal angerufen, was soll's. Ich ließ mein Telefon auf den Auftragsdienst umstellen, nahm meinen Aktenkoffer und ging runter. In den Hauseingängen, Cafés und auf den Gehwegen standen die Nutten wie immer auf ihren Posten, Ledershorts, Tennisröckchen, wie mit Kreide aufgemaltes Lächeln, die Autos schossen von der Porte Saint-Martin runter wie losgelassene Gürteltiere und verharrten hier vibrierend Schulter an Schulter in einer blauen Gaswolke. Meinen 2 CV ließ ich stehen, es hätte ja sein können, daß Bébert dasselbe Ding wie letzte Woche abzog. Ich ging zur Station Strasbourg-Saint-Denis und nahm die Metro, las über die Schultern meiner Nachbarn hinweg das Wichtigste aus *France-Soir, Monde, Parisien Libéré* und kam in Saint-Germain-des-Prés wieder ans Tageslicht. Nach *France-Soir* war die Situation dramatisch, *Le Monde* zufolge gab sie zu ernsthaften Bedenken Anlaß, und laut

Parisien forderten die Franzosen ein härteres Durchgreifen. Ich ging den Boulevard Raspail hinunter und schaute vorher noch kurz in einer Spezialbuchhandlung am Boulevard Saint-Germain vorbei, wo ich das Novemberheft von *British Chess Magazine* kaufte. Das steckte ich in die Innentasche meines Mantels.

Am Ende des Boulevard Raspail nahm ich das bestellte Mietauto in Empfang, einen großen Fiat. Man zeigte mir die Gänge, und ich startete. Es war 18.45 Uhr. An der Station Sèvres Babylone fuhr ich nach rechts, und dann noch einmal rechts durch das Viertel mit Ministerien und alten teuren Wohnhäusern, am Anwesen des verstorbenen Onassis vorbei bis zum Boulevard Saint-Germain. Bei dem Verkehr ging schnell mal eine Viertelstunde drauf. Punkt 19 Uhr stand ich zwischen anderen Wagen in der zweiten Reihe auf der linken Seite des Boulevard Saint-Germain, gegenüber von Judes Apotheke, die gerade Geschäftsschluß hatte.

19.01 Uhr kam Albert Pérez zusammen mit zwei oder drei Laborantinnen aus der Tür, und hinter ihm zog Monsieur Jude das Gitter herunter und verriegelte es von innen. Freund Bébert, ein großer und sehr dunkler hagerer junger Mann mit blauen Augen und Koteletten, ging unterdessen, eine amerikanische Zigarette im Mund, in einer langen Schaffelljacke zum Parkhaus Saint-Germain-des-Prés und verschwand in einem Fußgängereingang.

Als sein Simca, ein Rallye 2, aus dem Parkhaus kam und dieselbe Richtung wie letzten Samstag einschlug, war ich bereits auf der Rue de Rennes. Erst viel weiter hinten, nachdem wir bereits am Gare Montparnasse vorbeigefahren waren, überholte er mich in Höhe der Fleischerei Bigeard am Boulevard Pasteur. Eine halbe Stunde später überquerten wir die Brücke von Saint-Cloud, ich hundert Meter hinter ihm. In der vorigen Woche hatte ich es mit dem 2 CV versucht, aber er hatte mich, wie nicht anders zu erwarten, noch vor der Tunnelausfahrt abgehängt. Diesmal folgte ich ihm unauffällig, bis er die Autobahnabfahrt nach Rouen nahm und von dort aus über eine hügelige Nationalstraße weiter nach Dieppe raste. Geschwindigkeitsbegrenzungen ließ er vollkommen außer acht. Zweimal meinte ich, er wäre weg, sichtete ihn aber jedesmal irgendwann wieder.

Als wir in Dieppe ankamen, war es bereits kurz nach zehn Uhr abends, doch unser Freund Pérez schien sich auszukennen, er ging schnurstracks auf eines der wenigen Hotels direkt an der Strandpromenade zu, die auch außerhalb der Saison geöffnet haben, um sich dort einzuquartieren. Ich sah keinen Grund, warum ich das nicht auch tun sollte. Nachdem er mit seinem kleinen Kunststoffkoffer das Etablissement betreten hatte, wartete ich fünf Minuten, dann ging ich mit meinem Köfferchen rein. Als mir der Dicke ohne Krawatte an der Rezeption einen Schlüssel gab und ich mich gerade fragte, wo im Erdgeschoß ich mich möglichst unauffällig mit einem Buch plazieren konnte, um abzuwarten, ob Bébert weggehen würde, da war mein Bébert auch schon wieder unten.

«Guten Abend, Monsieur Pérez!» rief ihm der joviale Mann an der Rezeption zu, als er nach dem Schlüssel schnappte, den Bébert ihm zwischen Daumen und Zeigefinger heraus ostentativ schwungvoll wie ein amerikanischer Filmkomödiant zuwarf. Bébert ging; ich konnte mich nicht sofort an seine Fersen heften.

Nachdem der Dicke mir im Flur schnaufend vorausgegangen war, mir das kalte, feuchte und mit einer beigefarbenen Tapete mit Jagdmotiven im Neo-Puffstil bekleisterte Zimmer gezeigt und seinen Franc Trinkgeld bekommen hatte, nachdem er wieder zur Tür hinaus war und ich diese hinter ihm zugemacht hatte, stürzte ich zum Fenster und riß es auf, doch es war viel zu spät. Besagter Pérez, Albert, war ganz bestimmt schon eine Weile außer Sichtweite, entweder in den Gäßchen verschwunden oder auf die ausgedehnte Esplanaden-Promenade abgebogen, die in Dieppe zwischen der Uferstraße und dem Meer liegt und in diesem Flautemonat eher spärlich bis gar nicht beleuchtet war.

Ich konnte Albert Pérez nicht entdecken, aber ganz hinten links an der Esplanade, direkt am Meer, unter dem Felsen, auf dem das Schloß von Dieppe mit seinem Museum, seinen Malereien, maritimen Beutestücken und Elfenbeinschnitzereien steht, dort sah ich eine Art riesigen, mit bunten Lichtern behängten Kiosk, zweifellos das Casino von Dieppe.

Bevor ich mich dorthin begab, duschte ich und genehmigte mir dann am Hafen Muscheln, Fritten und Bier. Albert war bestimmt im Casino. Und vor Mitternacht würde er sich von dort nicht wegbewegen, dachte ich mir.

Kurz nach Mitternacht ging ich über die Promenade, die breite, von einem Geflecht von Verbindungswegen durchbrochene Esplanade, die mit einzelnen Laternen bestückt und so verlassen wie ein Glacis war. Im Dunkeln hörte man das Meer tosen. Ein kalter Nordwind wehte Wasser und Salz über die Stadt und peitschte mir um die Ohren. Ich ging um eine Minigolfanlage herum und gelangte in das Casino. Im Kinosaal, in dem der neuste Bronson lief, waren die Lichter seit einer Weile ausgegangen, doch an den Spieltischen und auf der Tanzfläche waren noch Leute, und zwar jede Menge, und das stand in krassem Gegensatz zu der sibirischen Trostlosigkeit der Esplanade.

Albert Pérez war beim «Chemin de fer». Vor ihm lag ein ansehnlicher Haufen Jetons. Während ich ihn beobachtete, gewann er noch einmal fünfzehntausend Franc vom Bankhalter, einem etwa Vierzigjährigen mit Hakennase und ekkigen Brillengläsern, der gerade mit ziemlich ausgeprägtem Akzent, amerikanischem, glaube ich, «Ich gebe» sagte, und mißmutig grunzend eine Vier und zwei Dreien auf den Tisch legte. Ebenfalls fünfzehntausend Franc gingen an einen kleinen, kahlgeschorenen Typen am Ende des Tisches. Dann mußte ein anderer blechen. Ich blickte nicht ganz durch, weil ich keine Ahnung vom «Chemin de fer» habe. Ich weiß nur, daß Pérez sehr unregelmäßig spielte, mal beträchtliche Summen einsetzte und mal lächerlich kleine, daß er dann kleine Beträge verlor und große Batzen gewannn. Wenn die so weitermachten, wären sie noch eine ganze Weile beschäftigt.

Ich ging in den Nachtklub was trinken, wo vier Neger in Dashikis den Söhnen von Fischgroßhändlern und den Töchtern von Kaufleuten zum Tanz aufspielten, während die Eltern zu großen Tischgesellschaften zusammengeschart im Hintergrund des Saals schnatterten. Ich schlürfte in winzigen Schlückchen einen Whisky mit Leitungswasser und dachte darüber nach, was mir die alte Dame heute nachmittag erzählt hatte.

Ihre Tochter war seit einem Monat verschwunden. Ihre Tochter: Philippine Pigot, während des Krieges unehelich als Halbwaise geboren («Der Mann starb im Krieg, sie hat ihn nicht gekannt», hatte mir Madame Pigot gesagt), unverheiratet und von Geburt an blind. Blond, 1,70 m groß, muskulös, sehr hübsch, den Fotos nach zu urteilen. Sie machte Sport. Schien sich voll ins Leben gestürzt zu haben, trotz ihrer Blindheit. Schwimmen, Reiten (in Begleitung) und sogar Tanzen («Ihr geht es dabei nicht so sehr um das Künstlerische, sondern um Körperdisziplin, verstehen Sie?») Sie hatte eine ordentlich bezahlte Anstellung als Schreibkraft (für Blindenschrift) in einer gewissen Stiftung Stanislas Baudrillart, die sich die Förderung von Blinden zum Ziel gesetzt hatte. Philippine wohnte bei ihrer Mutter, in einem Haus in Mantes-la-Jolie, und nahm an fünf Tagen in der Woche jeweils morgens und abends den Zug, um nach Paris zur Arbeit und wieder zurückzufahren.

Im August hatte sie ihren Urlaub in einem Ferienclub in Griechenland verbracht. Anfang September hatte sie wieder zu arbeiten begonnen, und Ende des Monats war sie verschwunden. An einem Mittwoch war sie wie immer morgens zur Arbeit gefahren, war aber dort nicht angekommen und seitdem nicht wieder gesehen worden. Die Polizei hatte die üblichen Nachforschungen angestellt. Viel herausgekommen war dabei aber nicht, da jeglicher Anhaltspunkt fehlte.

«Hatte sie denn Freunde oder Bekannte in Paris?» hatte ich die Mutter gefragt. «Ich nehme mal an, daß das alles überprüft worden ist, aber ...»

«Keine Freunde, nein. Nur Kolleginnen aus dem Büro.»

«Aber von denen mal abgesehen? Einen ... einen jungen Mann vielleicht, nein?»

«Nein.»

«Entschuldigen Sie, aber sind Sie sich da auch wirklich ganz sicher?»

«Ich bin ihre Mutter, Monsieur Tarpon.»

«Gut, einverstanden, Madame Pigot, aber trotzdem.»

«Sie hatte einfach keine Zeit dazu, Monsieur. Ihr Tag war genauestens eingeteilt. Sie hat nie ... herumgelungert oder so etwas. Kam nie zu spät.»

Was natürlich überhaupt nichts bewies. Im Schwimmbad, beim Tanzen, Reiten, in den Ferien, auf den Fahrten, da sind überall Männer, und Frauen natürlich auch, und immer gibt es Lücken im Zeitplan der Lebenden, doch ich diskutierte nicht weiter mit ihr darüber.

Ich hatte noch massenhaft Fragen gestellt, nicht alle waren übrigens sachdienlich, jedenfalls kam dabei heraus, daß nichts Auffälliges zu bemerken war. Ich konnte lediglich die von der Polizei bereits durchgeführten Routineüberprüfungen noch mal abarbeiten. Ich wollte schon beinahe Cocciolis Rat befolgen und überhaupt nichts machen.

«Und in den Tagen unmittelbar vor ihrem Verschwinden», fragte ich, «war da etwas anders als sonst? War sie vielleicht abends, als sie nach Hause kam, ich weiß nicht, sagen wir, ein bißchen unruhig oder ungewöhnlich ruhig oder irgendwas, ich weiß ja nicht. Oder könnte sie Anrufe erhalten haben?»

«Nein»

«Sind Sie sicher?»

«Absolut.»

Die Antworten von Madame Pigot kamen wie Tennisbälle angeschossen. Solche Return-Sätze stören mich, das sind nämlich keine Antworten, das heißt nur, daß Ihr Gesprächspartner beschlossen hat, Ihnen diese Antwort zu geben und keine andere. Und wenn Ihr Gesprächspartner das beschlossen hat, dann meist, weil er sich eine Meinung gebildet hat, von der er sich nicht abbringen lassen will, entweder, weil er intelligent genug ist, um sich selbst eine richtige Meinung zu bilden oder aber, er ist eben nicht intelligent genug. Und manchmal auch, weil Ihr Gesprächspartner Sie belügt. Das sagte ich mir, als ich meinen Whisky mit Wasser austrank.

2

Ich kam am Sonntagnachmittag nach Paris zurück. Albert Pérez hatte in der Nacht unwahrscheinlich viel Geld gewonnen. Um 10 Uhr morgens, als ich mir gerade in der Hotelbar ein pappiges Croissant und einen modrig schmekkenden Milchkaffee einverleibte, kam der Laborant mit düsterer Miene und schlecht rasiert die Treppe runtergeschossen und verschwand auf der Stelle, mit Kunststoffkoffer, und das war's dann. Er ließ mir einfach keine Zeit, ihm unauffällig zu folgen. Ich trat etwas später die Rückfahrt nach Paris an, und hielt unterwegs noch kurz für ein bescheidenes Mahl auf Kosten von Monsieur Jude.

In Paris nahm ich die Porte de Clignancourt und sah in der Rue Championnet, in der Albert Pérez wohnt, seinen Simca stehen. Ich gab den Fiat wieder bei der Mietwagenagentur ab und fuhr mit der Metro nach Hause.

Der Auftragsdienst hatte mir alle Anrufe seit dem Vorabend aufgelistet. Zunächst Coccioli, der um Rückruf bat, mir aber keine Nummer hinterlassen hatte. Dann jemand, der weder eine Nachricht noch seinen Namen hinterlassen hatte. Dann Charlotte Malrakis, die mich für nächsten Samstag zu einer Feier bei sich einlud und um eine telefonische Zusage bat. Dann wieder jemand, der weder eine Nachricht noch seinen Namen hinterlassen und am Morgen noch zweimal angerufen hatte. Ich bedankte mich bei der Angestellten und ließ wieder auf meine Nummer umstellen.

Zuerst rief ich Monsieur Jude in seiner Zweitwohnung an und schilderte ihm in groben Zügen mein Wochenende. Er kochte vor Wut am anderen Ende der Leitung und fing an, Albert Pérez mit allen möglichen Ausdrücken zu belegen.

«Ich will, daß dieses kleine Arschloch ins Gefängnis kommt! Der soll begreifen, was los ist! Was mach ich jetzt? Die Polizei benachrichtigen?»

«Nun,» seufzte ich, «wenn er gestern abend verloren hätte, würd ich sagen, tun Sie's. Ein Typ, der Geld stiehlt und es beim Spiel verliert, lebt ständig in Angst, nicht wahr. Da reicht es schon, daß die Flics ihn mal kurz in die Mangel nehmen, und er fällt um.»

«Ja, ja!» Er schien zufrieden und böse zu sein.

«Doch heute nacht hat er gewonnen. Er ist euphorisch. Wir haben keine Beweise. Die Chance steht eins zu eins, daß er eben nicht umfällt. Außerdem kann ich nicht mit Sicherheit sagen, daß er es war.» Aus Versehen machte ich ein ekliges Schmatzgeräusch. «Wenn wir andererseits jedoch abwarten, bis er wieder verliert, wird er nicht mehr in der Lage sein, Ihnen Ihr Geld zurückzuerstatten, falls er es …»

«Ach, das Geld ist mir doch scheißegal!» rief Jude. «Machen Sie noch eine Woche weiter und schaffen Sie mir Beweise ran. Ich will, daß er bestraft wird, verstehen Sie?»

«Ich verstehe.»

«Sehen Sie zu, daß Sie das hinkriegen. Machen Sie es wie Maurice Thorez.»

«Wie bitte?»

«Das Ungeziefer wird Ihnen schon auf den Leim gehen», erklärte er äußerst zufrieden und fing schallend an zu lachen.

Ich seufzte.

«Ich werd Sie Ende der Woche wieder anrufen», sagte ich.

«Denken Sie dran.» Er war wieder böse geworden. «Wer mich beklaut, muß ins Gefängnis. Der soll Scheiße fressen.»

«Ich werd dran denken.»

Wir legten auf. Ich fühlte mich deprimiert. Bevor ich Privatermittler wurde, war ich Gendarm. Nicht der gute Gendarm, der Ihnen von Geschwindigkeitsüberschreitungen abrät, der entlaufene Bälger wiederfindet und Streitigkeiten zwischen Betrunkenen schlichtet, nein. Ich war bei der kasernierten Bereitschaftspolizei, das heißt, daß ich die meiste Zeit damit verbrachte, in Mannschaftsbussen zu warten, aus denen man nicht aussteigen durfte, obwohl man dringend pinkeln mußte, und dann trieben wir hin und wieder Arbeiterdemos auseinander. Ich habe einen Mann getötet. Und bin gegangen. Mittlerweile haben die Kameraden neue Mannschaftsbusse, mit eingebauten Klos. Aber selbst mit eingebauten Klos würde ich es da nicht mehr aushalten.

Ich wurde dann Ermittler, ich glaube, teilweise, um Gutes zu tun, wie man mir im Religionsunterricht und bei den Pfadfinder-Wölflingen beigebracht hatte. Und wo fand ich mich wieder? Unter den Ärmsten der Armen. Ich jagte bedauernswerte idiotische Penner, um zu verhindern, daß sie Besitzende wie Monsieur Jude um ihren Besitz brachten. Während Drogenhändler in der Nationalversammlung und sonstwo saßen. Und was konnte ich dagegen tun?

Mit einem Wort, ich fühlte mich halt deprimiert.

Das Telefon klingelte. Ich nahm ab.

«Detektei Tarpon.»

«Eugène Tarpon?»

«Wer will das wissen?»

«Das sag ich Ihnen noch. Sind Sie in der nächsten Stunde da? Ich komm bei Ihnen vorbei.»

«Heute ist Sonntag», bemerkte ich.

«Ich muß Sie dringend sprechen.»

«Gut. Ich erwarte Sie.» Im Grunde genommen hatte ich ja nichts vor an meinem Sonntag, dem kümmerlichen Rest davon.

Der Mann – barsche Stimme, jugendlich, nicht sehr distinguiert, herrisch, unsympathisch – hängte ein. Ich packte mein Gepäck aus, das heißt, ich öffnete mein Köfferchen und räumte meinen Schlafanzug und meine Zahnbürste weg. Ich holte das *British Chess Magazine* und setzte mich wieder an den Schreibtisch. Aus einer Schublade nahm ich mir mein Miniaturschach und mein Harrap's Wörterbuch. Ich begann, eine Partie zu rekonstruieren, die Lhamsuren Magmasuren und Tudev Ujtumen vor drei oder vier Monaten (als Philippine Pigot in Griechenland war) in Ulan Bator während der Mongolischen Spartakiade gegeneinander ausgetragen hatten. Ich drücke mich hoffentlich verständlich aus. Jedenfalls gewann Ujtumen in achtundzwanzig Zügen. Um den Kommentar zu verstehen, sah ich die Wörter im Harrap's nach. Das Gute am Schach ist, daß ich Englisch dabei lerne, und mit einer Fremdsprache schlägt man sich besser durchs Leben.

Als ich die Partie nachgespielt und die Figuren samt Bauern gerade wieder eingeräumt hatte, klingelte es an der Tür. Ich legte das Schach und das Wörterbuch in die Schublade zurück und ging aufmachen.

Er kam rein, so, wie ich es in etwa erwartet hatte, das Kinn hoch erhoben, die Arme angelegt, eine halbe Drehung des Oberkörpers, und hopp und bumm, die Schulter vor, und alles, was ihm im Weg war, hatte dem harten Burschen nur noch auszuweichen. Aber ich hatte meine Tür nur etwa in einem Vierziggradwinkel geöffnet und wie zufällig meinen Fuß als Stopper dahintergesetzt, so daß der Typ sich die Schulter am Türrahmen stieß und seitlich mit der Fresse dumm gegen die Tür schlug.

«Sie haben sich doch nicht etwa weh getan?» fragte ich.

Er schniefte.

«Tarpon?»

«Waren Sie der Anrufer von eben, der seinen Namen nicht genannt hat?»

Er legte abermals den Vorwärtsgang ein, und wir knallten beinahe mit der Stirn aneinander, weil ich nicht von der Stelle wich. Es kostete ihn zwar einige Selbstüberwindung, doch dann meinte er lobenswerterweise:

«Charles Pradier. Es ist wegen Philippine Pigot. Kann ich reinkommen, ja?»

Ich nickte und trat zur Seite. Wir gingen durch das Vorzimmer – mit dem blauen Bettsofa, dem runden Tischchen und dem Zeitungsständer unverkennbar mein Privatzimmer – und nahmen in dem anderen Raum Platz, meinem Büro. Ich habe noch eine Küche, mehr nicht. Das Klo ist auf dem Treppenflur, städtische Dusch- und Baderäume gibt es in der Rue des Ecluses-Saint-Martin, falls Sie das interessiert.

Charles Pradier war ein großer hagerer Bursche, dunkler Typ mit blauen Augen, dichtem Haar und Koteletten. Er sah ein bißchen wie Albert Pérez aus. Beigefarbener Lodenmantel über einem Seidenanzug. Der Stoff hatte was Pfiffiges, er war eigentlich grauschwarz, schillerte aber mitunter purpurrot. Nachts und bei einer bestimmten Beleuchtung mußte er gewissermaßen phosphoreszieren. Vom Feinsten. Sehr breite Krawatte mit Arabesken auf perlgrauem Hemd. Eine goldene Anstecknadel unterhalb des Brustbeins hielt seine Krawatte, außerdem trug er einen goldenen Siegelring mit einem Freimaurerzeichen. Mahagonifarbene englische Schuhe. Aus einem goldenen Etui zog er eine helle Zigarette, steckte sie in eine silbergefaßte Dunhill-Zigarettenspitze und zündete sie mit einem Laurimette-Feuerzeug an, einem Werbegeschenk von Mazda-Scheinwerfer. Ich wartete geduldig.

«Nun», meinte ich schließlich, «Sie kommen wegen Philippine Pigot?»

«Sie ist nicht verschwunden. Sie ist von zu Hause abgehauen.»

«Wer behauptet denn, daß sie verschwunden ist?»

«Was?» sagte er und streckte den Kopf vor. «Ach! Ja! Ich verstehe! Sie meinen, wie wir erfahren haben, daß die Alte sich an Sie gewandt hat. Von der Polizei, mein Lieber.»

«Ach so. Die Polizei ist im Bilde.»

«Wie, im Bild?» Wieder Kopf vor, Hals gestreckt. «Nein! Überhaupt nicht! Aber mein Kumpel hat denen geschrieben. Warten Sie, ich erklär's Ihnen. Philippine Pigot ist mit meinem Kumpel abgehauen.»

«Ihrem Kumpel?»

«Sein Name ist nicht so wichtig», erklärte Pradier, und es klang wie aus einem Buch. «Ich weiß nichts Näheres über die, wie soll ich sagen, psychologischen Beweggründe, hm? Tatsache ist, daß die beiden sich getroffen haben, mein Kumpel und sie. Und nun ist mein Kumpel weg ins Ausland gezogen, wegen seiner Geschäfte. Und da hat das Mädchen beschlossen, ihm zu folgen, weil sie ihn liebt. Und er liebt sie auch. Eine Liebesgeschichte, hm? Wenn Sie sich jetzt fragen, warum Philippine ihrer Alten die ganze Sache nicht erklärt hat, hm, das kann ich Ihnen auch nicht sagen, ich steck nicht in denen drin. Hat sicher was mit dem Generationskonflikt zu tun, hm, verstehen Sie?»

Ich verstand mehr oder weniger.

«Sie kennen Philippine?»

«Na klar!» Er blickte mich mißtrauisch an «Na ja, eigentlich nicht richtig.»

«Ist sie blond oder rothaarig?» fragte ich.

Es dauerte etwa zehn Sekunden, er saß mit offenem Mund da und machte zunächst ein verzweifeltes, dann ein haßerfülltes und schließlich ein listiges Gesicht.

«Ein Witz!» rief er. «Sie ist brünett!»

Er strahlte bei dem Gedanken, nicht in eine so raffinierte Falle gegangen zu sein.

«Wie heißt denn Ihr Kumpel? Und wo ist er?»

«Oh, nein, bedaure, das kann ich Ihnen nicht sagen.»

«Und Sie meinen, ich glaub Ihnen einfach so?»

«Aber nicht doch!» Er strahlte immer mehr. Er wühlte in der Innentasche seines Lodenmantels, den er aufgeknöpft, aber nicht ausgezogen hatte. «Ich hab eine schriftliche Nachricht! Einen Brief von Philippine.» Er zog einen einfachen Umschlag heraus, auf dem mit Schreibmaschine getippt *Monsieur E. Tarpon* stand. Der Umschlag war prall gefüllt. Er reichte ihn mir.

«Sie sollte vielleicht lieber ihrer Mutter schreiben», bemerkte ich, als ich den Umschlag öffnete. «Sie sollten besser zu ihrer Mutter gehen.»

«Also ehrlich, Tarpon, haben Sie sich schon mal mit einer Mutter auseinandergesetzt? Sie wird sich heulend auf mich stürzen, die Nachbarn zusammentrommeln, und ich hab dann die Polizeistreife an der Backe. Die beiden sind ein Liebespaar!» rief Pradier überschwenglich. «Die wollen in Ruhe gelassen werden, das versteht man doch, oder?»

Ich brummte was Unverständliches vor mich hin. Im Umschlag war nur ein großes Blatt, so fest wie ein Pappdeckel und auf der einen Seite glatt, auf der anderen fusselig und hellbraun. Auf der glatten Seite stand eine mit einem dicken Filzstift geschriebene große Unterschrift, die sich beinahe über die gesamte Breite hinzog, so in etwa fünfzehn bis achtzehn Zentimeter. Der Großteil des Blattes über der Unterschrift war, wenn man genau hinsah, mit kleinen Schwellungen bedeckt, als ob man das Papier verkehrt herum in eine Schreibmaschine ohne Farbband eingespannt und dann wahllos sehr kräftig von der Rückseite her Punkte reingetippt hätte.

«Was ist das denn?» fragte ich logischerweise.

«Na, Blindenschrift natürlich», gab Pradier noch logischer zur Antwort. «Die arme Kleine ist doch blind.»

«Das ist mit irgendeiner Maschine getippt, nicht?»

«Weiß ich nicht, ich bin nicht blind, die haben mir das so gegeben.»

«Kann schon sein, mein Lieber», sagte ich. «Aber ich sehe hier lediglich eine maschinengeschriebene Nachricht, und nur irgendeine Unterschrift...» Die Unterschrift war klar zu erkennen: PHILIPPINE. «Nein», sagte ich, «da wird mir überhaupt nichts klar. Eigentlich müßte ich mich jetzt auf Sie stürzen und die Funkstreife rufen. Was ich vielleicht auch tun werde.»

«Vorher könnten Sie noch den Kripobeamten Coccioli anrufen. Dann wird Ihnen nämlich auffallen, daß wir der Polizei eine Nachricht überbracht haben, die sie voll und ganz zufriedengestellt hat. Wenn Sie die Funkstreife rufen, haben Sie und ich nur Scheißärger am Hals, und das muß doch nicht sein.»

«Geben Sie mir Ihre Adresse?»

«Lieber nicht.»

«Gut», sagte ich. «Dann ziehe ich es doch vor, die Flics anzurufen.»

Er saß zusehends angespannter auf seinem Stuhl.

«Hören Sie, Tarpon ...»

In diesem Moment klingelte das Telefon. Ich nahm ab. Pradier sah auf seine Uhr, eine von diesen ausgesprochen billigen und ungeheuer praktischen Dingern, wo man mit der anderen Hand draufdrücken muß, damit die Ziffern aufleuchten.

«Monsieur Tarpon?»

«Persönlich.» Ich meinte die Stimme zu kennen.

«Madame Pigot am Apparat. Marthe Pigot. Ich muß Sie sofort sprechen.» Sie schrie ins Telefon, aber ich glaubte nicht, daß Pradier sie verstehen konnte. Trotzdem drückte ich den Hörer hermetisch gegen mein Ohr und legte meine Hand auf die Mithörmuschel.

«Wo wollen wir uns treffen, bei Ihnen?» fragte ich.

«Nein, weder bei mir noch bei Ihnen. Am Bahnhof Saint-Lazare, in der Vorhalle, sagen wir heute abend, 19.30 Uhr.»

«Ich könnte auch schon früher dort sein, wissen Sie.» Ich konnte doch nicht herumdiskutieren, wo Pradier nur einen Meter von mir entfernt saß und mich durch den Rauch seiner zweiten Zigarette hindurch gelassen ansah.

«Nein. 19.30 Uhr, Bahnhof Saint-Lazare.»

«Gut.»

Sie beendete das Gespräch. Ich legte den Hörer kurz auf, nahm ihn wieder ab und drückte mit dem Zeigefinger auf die Gabel. Beim dritten Versuch bekam ich das Freizeichen.

«Einen Augenblick noch», sagte ich zu Pradier und versuchte, ihn abzulenken und gleichzeitig ohne hinzusehen die 17 zu wählen.

«Nein, ich hab doch gesagt, keine Flics», meinte er ziemlich ruhig und erhob sich.

Ich zog die Schublade auf, in dem mein Wörterbuch und mein Schachbrett lagen. Ich habe natürlich eine Schußwaffe, doch sie lag hinten im Aktenschrank unter dem Stapel Wechselbettwäsche.

«Nur einen Schritt in Richtung Tür», drohte ich bereits leicht gereizt, «und ich ballere Sie ab.»

Er lachte mir ins Gesicht, der unhöfliche Kerl, drehte mir den Rücken zu und ging, die Hände in den Taschen, zur Tür. Im Telefon hörte ich plötzlich den Wählton der automatischen Fernvermittlung, ein Beweis dafür, daß es, wenn man im Dunkeln tappend die Polizei anrufen will, mit der Nummer schon mal danebengehen kann. Ich knallte den Hörer auf die Gabel und stürzte Pradier hinterher. Ich erwischte ihn im Vorzimmer, als er gerade die Wohnungstür aufmachen wollte. Er schwenkte auf dem Absatz herum, nahm dabei die Hände aus den Taschen, und wollte mir mit der rechten Faust eins gegen das Kinn verpassen. Ich tauchte unter dem Schlag weg, und mein Kopf prallte unterhalb seines Brustbeins gegen seinen Oberkörper. Mein Schädel schmerzte, und Pradier fiel mit offenem Mund und schlenkernden Armen zurück und rumste gegen die Küchentür. Ich drehte mich um und wollte schnell meine Pistole aus dem anderen Zimmer holen, doch genau in diesem Moment machte hinter mir jemand die Wohnungstür auf und schlug mir einen Amboß oder so was auf den Kopf.

Ich fiel auf alle viere. In dieser Haltung kroch ich auf das andere Zimmer zu. Ich war etwas durcheinander, hatte aber noch immer die Absicht, die Waffe zu holen.

Mir wurde ein zweiter Schlag versetzt, diesmal ins Kreuz, und das tat sehr weh, im Kopf spürte ich aber nichts. Ich fiel auf die Seite.

«Steh auf, du blöder Trottel!» sagte der Amboßmann, doch er meinte Pradier, der vor der Küchentür lag und sich nicht wieder aufrappeln konnte.

Der Amboßmann, den ich nicht genau erkennen konnte – ich nahm nur eine Gestalt in einem Regenmantel oder einem Trenchcoat wahr – packte schließlich Pradier am Kragen und schleppte ihn zum Ausgang.

«Uhh, uhh», quengelte Pradier, «ich will ihm, uhh, uhh, erst noch, uhh, uhh, die Eier zertreten, uhh.» Wahrscheinlich sprach er von meinen Geschlechtsteilen, doch der andere zog ihn mit nach draußen, und Pradier war zu schwach und zu angeschlagen, um seinen Standpunkt durchzusetzen. Sie machten die Tür hinter sich zu.

Ich brauchte vielleicht drei oder vier Minuten, um wieder halbwegs zu mir zu kommen und aufzustehen. Da war es zu spät, um meinen beiden Vögeln noch hinterherzulaufen, und meine Fenster gehen alle zur Hofseite raus. Bravo, Tarpon, reife Leistung.

Ich hatte eine kleine Platzwunde am Schädel, und Blut war am Hinterkopf den Hals runtergelaufen. Ich machte den Oberkörper frei. Mein Jackett hatte nichts abbekommen, aber mein Hemdkragen war fleckig. Ich legte mein Hemd zum Einweichen in eine Schüssel mit Wasser. Dann tupfte ich mir 90%igen Alkohol auf den Kopf. Ansonsten kein größerer Schaden. Ich hatte eine dicke Beule und auf dem Rücken einen rosafarbenen Fleck. Das würde erst am nächsten Morgen richtig weh tun.

Ich zog mir ein neues Hemd an und ging wieder zum Telefon. Ich rief Madame Pigot in Mantes-la-Jolie an, doch bei ihr meldete sich niemand. Es war fast 7 Uhr abends. Ich band mir wieder meine Krawatte um, zog mein Jackett und den Mantel an und machte mich auf den Weg zum Gare Saint-Lazare.

Es war inzwischen dunkel. In meiner Nachbarschaft lief es mit dem fleischlichen Gewerbe wie immer auf Hochtouren. Die Metro war noch ziemlich voll, sonntäglich gekleidete Arbeitnehmer, die nervös vom Kaffeetrinken bei Tantchen Jeanne zurückkamen und ihren nervenden Bälgern Kopfnüsse verpaßten; beschwipste Einberufene; einstimmig keifende britische Collegeschülerinnen; angespannt dasitzende Araber; bettelnde Obdachlose.

Viertel nach sieben kam ich am Bahnhof Saint-Lazare an. Als ich die Plakate am Kino Saint-Lazare Pasquier sah, dachte ich daran, daß Charlotte Malrakis in dem Film, der dort gerade lief, Motorradstunts machte, und dabei fiel mir ein, daß ich ganz vergessen hatte, sie anzurufen.

Ich wartete eine Weile in der Bahnhofshalle. Andere Leute warteten auch. Manche kamen. Andere gingen.

19.34 Uhr erschien Madame Pigot in der Mitte der Halle, sie hatte es sehr eilig, rannte fast. Sie drehte sich um, dann bemerkte sie mich. Ich winkte ihr, ging ihr entgegen, sie lief auf mich zu, und in diesem Augenblick zerplatzte ihr der Kopf.

3

Sehen Sie, ein Geschoß, kein herkömmliches Dumdumgeschoß, und kein grob über kreuz angesägtes, das beim Einschlag zerbirst und den vierfachen Schaden anrichtet, sondern im Gegenteil ein sehr sorgfältig gearbeitetes, das eine gleichmäßige Hohlspitze aufweist, ein solches Geschoß, das in etwa mit Schallgeschwindigkeit fliegt, sagen wir mal dreihundertfünfzig Meter in der Sekunde, treibt eine Kugel aus komprimierter Luft vor sich her. Das ist in etwa so, als wenn Sie eine Billardkugel mit Schallgeschwindigkeit abbekommen. Derjenige, der auf Sie schießt, muß nicht einmal ganz genau treffen. Wenn Sie ein solches Projektil in den Arm bekommen, reicht das schon aus: der Schock ist bereits tödlich.

Madame Pigot war hinter dem Ohr getroffen worden. Sie fiel, als ob sie sich flach auf den Boden geworfen hätte. Es vergingen vielleicht drei oder vier Sekunden, ehe irgend jemand bemerkte, was eigentlich passiert war, außer natürlich dem Schützen selbst und mir. Den Schuß hatte ich nicht gehört, der Mann hatte sicherlich einen Schalldämpfer benutzt, außerdem war es ziemlich laut in der Bahnhofshalle, und es waren ziemlich viele Leute da. Für mich war nicht erkennbar, aus welcher Richtung der Schuß gekommen war, ich blieb einfach nur wie erstarrt stehen und sah, wie sich die Leute in alle Richtungen bewegten. Dann fing plötzlich eine Frau an zu kreischen, als sie begriff, womit sie bespritzt worden war. Andere Leute schrien dann auch und riefen, gaben Ratschläge und Informationen: Vorsicht. Das ist ein Attentat. Rufen Sie jemanden. Fassen Sie sie nicht an, sie ist verletzt. Eine Granate. Bringen Sie sich in Sicherheit. Es schien zunächst so, als ob eine Panik ausbrechen würde, doch dann bildete sich ein Menschenauflauf.

Währenddessen versuchte ich mir den Schußwinkel vorzustellen, ging mit großen Schritten an das andere Ende der Bahnhofshalle und musterte dabei die Leute, die in die gleiche Richtung liefen und es eilig zu haben schienen. Da mir niemand auffiel, den ich naheliegenderweise hätte fragen können: ‹Pardon, Monsieur, Sie haben doch gerade die Dame da hinten niedergeschossen?›, machte ich wieder kehrt. Um die Leiche standen jede Menge Leute herum, und vier Polizisten in Uniform schienen die Gaffer anzuschnauzen. Unterdessen hörte man draußen Sirenengeheul, und sechs weitere Polizisten in Uniform kamen plötzlich angerannt.

Kurz zuvor war ich, als ich mich gerade auf die Ansammlung zubewegte, auf etwas Kleines getreten, das unter meinem Absatz ein bißchen zusammengedrückt wurde. Ich blieb stehen, suchte den mit Kippen und alten Fahrscheinen übersäten Boden ab und bückte mich nach der Patrone. Sie war leer und abgeschossen, SUPER-X und 45 AUTO stand drauf.

«Gehen Sie doch bitte aus dem Weg», sagte ein Beamter zu mir.

Sie waren gerade dabei, den Teil der Halle abzusperren und alle wegzuscheuchen, die dort nichts zu suchen hatten.

«Nein», sagte ich. «Ich hab eine freiwillige Aussage zu machen.»

«Gut, warten Sie. Wir nehmen Ihre Personalien auf.»

Ich mußte ihn am Ärmel festhalten.

«Ich hab alles gesehen, ich hatte eine Verabredung mit der Dame, die getötet wurde. Und ich hab hier vermutlich die Patrone. Ich wüßte nicht, was das sonst sein soll. Ich hab sie angefaßt, tut mir leid.»

«Angefaßt?» meinte der Flic und nahm mir die Patrone ab. «Ah, ja, Scheiße, oh», sagte er noch und ließ die Patrone wie blöd von einer Hand in die andere gleiten, als ob er sich verbrennen würde. «Chef!» rief er. «Chef!»

Kurz darauf, nachdem ich den Namen der Verstorbenen, meinen Namen und noch einige Details genannt hatte und nachdem weitere Polizisten, diesmal in Zivil, angekommen waren, wurde ich abgeführt.

Ich wartete bis 9.30 Uhr abends auf einem Flur, mehr oder weniger unter Bewachung eines Flics, der aber nicht fies war und mir sogar Sandwichs verkaufen wollte, aber ich lehnte ab, denn wie Madame Pigot zu Tode gekommen war, das hatte mir den Appetit verschlagen; und außerdem hatte ich Kopfschmerzen.

Von 21.30 Uhr bis 2.45 Uhr wurde ich von einem gewissen Kommissar Chauffard und zwei sich jeweils abwechselnden Kripobeamten vernommen. Chauffard war mehr so der anständige Typ. Füllig, borstiger Schnurrbart, arbeitete ziemlich gewissenhaft und hielt sich weder für einen Westernhelden noch für Maigret. Die Kripobeamten führten sich unbeugsamer auf, selbstverständlich war das von ihm abgesegnet. Die kleine Mannschaft quetschte mich ziemlich lange aus, denn ich bin Privatermittler, ein Beruf, in dem man es laufend mit Gaunern, Betrügern und Banditen zu tun hat. Ich sagte ihnen alles, was ich wußte, und mußte es an die vierzig- oder fünfzigmal wiederholen, ehe sie sich damit zufriedengaben.

Gegen 22.15 Uhr, nach meiner ersten Aussage, fuhren wir mit einem Wagen kurz zu mir, um die mit Philippine unterschriebene Nachricht in Blindenschrift zu holen. Als wir wieder auf dem Revier waren, verschwand einer der

Gehilfen mit dem Brief und kam ohne ihn zurück. Später, als Chauffard mir sagte, daß ich gehen könne und ich sicherlich vom Untersuchungsrichter vorgeladen werden würde, fragte ich ihn, was denn auf dem Blatt gestanden hätte.

«Nichts Wichtiges.»

«Das ist meine Post», bemerkte ich. «Sie haben sich das doch aus der Blindenschrift übertragen lassen, nicht?»

Er seufzte in seinen Schnurrbart und griff nach einem Blatt, das man ihm gerade gebracht hatte. Ich weiß nicht, wie er es in den Unmengen von Papier, die sich auf seinem Schreibtisch häuften, auf Anhieb finden konnte. Er hatte aber auch ausgesprochen große Augen.

«Sehr geehrter Herr», las er. «Ich habe erfahren, daß meine Mutter Sie gebeten hat, mich aufzuspüren. Das ist vollkommen unnötig. Ich bin aus freien Stücken fortgegangen, zu meinem Verlobten, der eine Stellung im Ausland hat. Ich möchte meine Mutter nicht wiedersehen, zumindest vorläufig nicht. Sie verschwenden also nur Ihre Zeit und meine Mutter ihr Geld. Ich wäre Ihnen dankbar, wenn Sie ihr das mitteilen könnten.» Chauffard blickte mit seinen großen traurigen Augen zu mir auf. «Und dann», sagte er, «steht da noch ‹Philippine Pigot›, mit der Maschine getippt, und darunter die eigenhändige Unterschrift. Sind Sie nun zufrieden?»

«Jetzt, wo ihre Mutter tot ist, wird sich Philippine vielleicht melden», sagte ich.

«Na, das hoffe ich doch!»

«Das hoffe ich auch», seufzte ich.

«Gehen Sie nach Hause und lassen Sie mich in Frieden!» befahl Chauffard.

Was ich in umgekehrter Reihenfolge auch tat.

Zu Hause rieb ich mir mein angeschlagenes Kreuz mit Salbe ein und aß in der Küche, was ich noch so da hatte, einen halben trockenen Camembert und altbackenes Brot;

dann klappte ich mein Sofa auseinander, machte mein Bett, mit schmerzverzerrtem Gesicht, wegen des Rückens, und legte mich hin. Ich hatte eigentlich befürchtet, daß ich wegen der aufwühlenden Ereignisse vom Abend nicht schlafen könnte, aber nein.

Um 14.15 Uhr an diesem Montag wurde ich, nachdem ich unwahrscheinlich lange gepennt hatte, vom Kriminalbeamten Coccioli geweckt, der an die Tür trommelte. Ich ging ihm aufmachen.

«Ein Freundschaftsbesuch», sagte er und warf einen *France-Soir* und mehrere Umschläge auf das zerwühlte Bett. «Ich hab heut meinen freien Tag. Ich war zufällig hier im Viertel, da...» Es folgte eine Geste. «Ich hab Ihnen Ihre Post raufgebracht.»

Ich machte uns Nescafé. Während das Wasser warm wurde, wusch und rasierte ich mich, dann kam ich mit den zwei vollen Tassen, und wir setzten uns in mein Büro, wohin ich auch den *France-Soir* und meine Post mitnahm.

Für einen Typen, der an seinem freien Tag einen Freundschaftsbesuch machte, wirkte Coccioli ziemlich verspannt. Ein großer dunkelhaariger Kerl mit sehr dichtem, nach hinten gekämmtem Haar, mattem Teint, dunklen Augen, sehr großer, leicht hakenförmiger Nase, vollen Lippen und etwas vorstehenden Zähnen. Er lächelte ziemlich oft; wenn er lächelte, kniff er die Augen zusammen und sah aus, als ob er Schmerzen hätte. Momentan lächelte er aber nicht und fuhr sich ständig mit der Hand durch die Haare. Außerdem kaute er noch auf seiner Unterlippe herum, die schon ganz zerbissen aussah.

Ich blätterte im *France-Soir*. Der Mord an Madame Pigot stand auf dem Titelblatt, aber nur als kleine Überschrift mit einem Verweis auf die Innenseiten. Dort fand ich dann zwei Spalten auf einer Drittelseite, ohne Bilder. *Opfer des Schußwechsels war mit Privatdetektiv verabredet* lautete der Untertitel. Ich überflog den Artikel. Ein gewisser

Kommissar Madrier war mit der Ermittlung beauftragt worden. Ich blickte zu Coccioli auf.

«Ich bin diese Nacht von einem Kommissar Chauffard vernommen worden», sagte ich. «Und hier schreiben sie ...»

«Dem ist der Fall entzogen worden. Ich kenne Madrier.»

«Ach so.»

Wir saßen da wie zwei Ölgötzen. Ich schwieg und fragte nicht nach. Coccioli boxte sich laufend mit der rechten Faust in die linke Handfläche.

«Antonin Madrier», wiederholte er nach einer Weile, «kenne ich. Ich war mit ihm vor vier Jahren bei der Kripo in Marseille.»

«Ach so.»

«Fahndungsdienst für Finanzdelikte. Unsere Abteilung ist aufgelöst worden.»

«Ja?»

«Wir wurden an alle möglichen Orte versetzt. Manche wurden auch befördert. Vor allem Madrier.»

«Ach so», sagte ich wieder.

Ich warf einen Blick auf die Post. Ich hatte die Umschläge fächerartig auf dem Schreibtisch ausgebreitet. Offensichtlich ein Abonnementsangebot für eine Wochenzeitung, die Telefonrechnung, ein Bankauszug und ein Brief. Der Brief war aus der Mitternachtsleerung in Mantes-la-Jolie, so stand es auf dem Poststempel.

«Coccioli», sagte ich, «ist das ein korsischer oder ein italienischer Name?»

«Ein italienischer, aber ich bin Korse.»

«Heute nachmittag war ein Kerl hier und hat mir gesagt, daß alles in Ordnung sei, daß Philippine Pigot abgereist und nicht ‹verschwunden› sei. Und ich soll Sie anrufen, wenn ich ihm nicht glaube. Er hat mir gesagt, daß die Polizei eine Nachricht von Philippine oder vielmehr von Philippines Verlobten erhalten habe, ich weiß nicht mehr ganz genau, und daß dies die Polizei vollauf zufriedengestellt habe.»

«Ich verstehe nicht, wieso eine einfache Nachricht bei einer ungeklärten Vermißtensache zufriedenstellend sein kann.»

«Ich auch nicht.»

«Ich weiß nur, daß sich Antonin Madrier mit der Sache befaßt. Mit dem Verschwinden des Mädchens. Ihr Nescafé ist widerlich, Sie nehmen bestimmt dreimal zu viel Pulver.» Er hatte seine Tasse trotzdem ausgetrunken und sie mit einer Art Lächeln abgestellt. «Ich weiß, was Ihnen der Typ gesagt hat, der gestern nachmittag zu Ihnen gekommen ist, ich hab die Akte eingesehen, bevor Chauffard die Sache entzogen wurde. Haben Sie letzte Nacht nicht was in Ihrer Schilderung vergessen?»

«Was interessiert denn Sie das? Sie sind doch nicht mit dem Fall betraut.»

«Nein», sagte Coccioli, «ich nicht, aber Madrier.» Und er lächelte, als ob man ihm was in den Bauch gerammt hätte.

Ich nahm den Umschlag aus Mantes und riß ihn auf meinem Schoß auf. Er enthielt lediglich ein Foto.

«Ich wüßte nicht, was ich vergessen haben könnte», sagte ich. Eine Amateuraufnahme mit einem Pärchen, das lächelnd an einer Wiege in einem Garten stand. Die junge Marthe Pigot trug eine Hemdbluse und ein an den Schultern gepolstertes Kostüm mit wadenlangem Rock. Sie hatte einen Dutt und vorn in Wellen gelegtes Haar. Der Mann, dessen Beine durch die Wiege verdeckt waren, trug ein dunkles Uniformhemd und eine Art Alpenjägermütze. Die Frau war so um die Dreißig. Der Mann vielleicht zehn Jahre älter. Die Mütze war überbelichtet.

Auf die Rückseite des Fotos waren mit Bleistift in spitzer, hastiger Schrift einige Zeilen gekritzelt: *Sonntag, 18.15 Uhr – Tarpon, falls ich nicht komme – hat er mich auch aus dem Weg geräumt – Es ist der Vater von Philippine – Sie hat ihn vor sechs Wochen wiedererkannt – ich wollte es nicht glauben – FANCH TANGUY* (Der Name in Großbuchstaben, dreimal kräftig unterstrichen, dann die Unterschrift:) *Marthe Pigot.*

«Jetzt, wo sie keine Klientin mehr haben und die Polizei das Ganze in die Hand nimmt», meinte Coccioli, «nehme ich mal an, daß Sie die Sache fallenlassen.»

Ich drehte das Foto in meinen Händen noch zweimal hin und her, blickte dann zu dem Polizisten, der mich gespielt treuherzig ansah, dieser Scheiß-Schnüffler, dann warf ich den Umschlag und das Bild auf den Schreibtisch und nickte Coccioli zu. Er besah sich alles, las, besah sich wieder alles.

«In diesem beschissenen Haufen», sagte er ruhig, «hat bloß noch ein Bretone gefehlt.»

4

Marthe Pigot hatte mir ihre Adresse gegeben, mit Philippine hatte sie in einer Wohnung in einem Mietshaus im Zentrum von Mantes-la-Jolie gelebt. Ich stellte den 2CV etwa dreihundert Meter weiter ab, nachdem ich langsam am Haus vorbeigefahren war, um herauszubekommen, ob Polizisten vor Ort waren.

Am Briefkasten im Eingangsbereich konnte ich sehen, in welcher Etage sich die Wohnung befand. Ich ging hoch, weil es keinen Fahrstuhl gab. Ein solides, stattliches, wenn auch ein bißchen heruntergekommenes altes Haus: Der Teppich auf der Treppe war abgewetzt, der Anstrich unter den schmalen hohen Fenstern verwittert. Die Dielen knarrten.

Eigentlich wollte ich mir die Räume von der Concierge zeigen lassen. Denn ich hatte noch alte Ausweise aus der Zeit, als ich Gendarm war, und der Durchschnittsbürger weiß in der Regel nicht unbedingt, daß ein Gendarm nie in Zivil arbeitet. Ich versuchte es trotzdem zunächst am Schnappschloß mit einer Plastikausweishülle, und die Tür sprang auf. Ich ging rein und machte sie hinter mir zu.

Die Wohnung der Damen Pigot war in etwa quadratisch, mit einem Flur in der Mitte. Zur Rechten Küche, Bad und ein Zimmer, links noch ein Zimmer und das Wohnzimmer. Schwere Möbel und die dazugehörige Gesamtausstattung. Vorherrschende Farbe Dunkelbraun, Art Henri-II-Stil, die Sessel und dicken doppelten Vorhänge bronzegrün. Ausgesprochen heiter. Alles abgenutzt.

Das Telefon befand sich im Flur. Ich ging daran vorbei, blieb stehen, trat wieder zurück, nahm den Hörer ab und schraubte die Sprechmuschel auf. Da war ein kleines Mikro drin, sah aus wie eine Antibiotikumkapsel. Ich ließ es drin, schraubte den Hörer wieder zusammen und legte auf.

In Philippines Zimmer stand auf einem runden Tischchen mit gedrechselten Beinen eine Schreibmaschine für Blindenschrift, und auf der Bett-Eckcouch saß eine scheußliche, etwa fünfzig Zentimeter große Zigeunerpuppe mit rotem Kleid und Kamm im Haar. Ich blieb nicht lange. Wenn man eine Haussuchung vornimmt, muß man schon etwas Bestimmtes im Auge haben oder aber man sichtet wirklich alles, und dafür braucht man Stunden. Ich ging rüber ins andere Zimmer und machte den Kleiderschrank auf. Fünf oder sechs ziemlich elegante Kleider, zwei ebensolche Kostüme, modische Schuhe usw. Keine Hüte.

Den gelackten schwarzen Strohhut mit der langen Hutnadel und der großen falschen Perle fand ich im Badezimmer, zusammen mit dem Oma-Kleid und den schwarzen Strümpfen. Das war alles in einer Ecke zwischen dem Wäschekorb und dem Heizkörper auf den Boden geworfen. Als Marthe Pigot zu unserem Treffen in den Bahnhof Saint-Lazare gekommen war, wo sie umgebracht wurde, hatte sie einen Synthetikpelzmantel getragen.

Ich verließ die Wohnung wieder. Die Nacht brach allmählich herein, und es hatte angefangen zu regnen. Es war kalt. Wirklich ein ekelhaftes Wetter. Ich schlug den Kragen meines Mantels hoch und lief mit großen Schritten zum 2 CV.

«So in Eile Tarpon? Haben Sie gefunden, wonach Sie

gesucht haben?» fragte mich Charles Pradier, der plötzlich zu meiner Linken aufgetaucht war und mir auf dem Fuße folgte.

Ich blickte nach rechts, zur Straßenseite. Auch dort ging jemand, einen Schritt hinter mir, und stieß mich sacht am Ellenbogen.

«Machen Sie keine Dummheiten, wir wollen nur reden. Gehen Sie zu Ihrem Wagen.»

Ich sagte nichts. Wir gingen zu meinem Wagen und stiegen ein, ich saß am Steuer, Pradier neben mir, der andere Kerl hinten.

«Drehen Sie sich nicht um», sagte er, als ich mich umdrehen und ihn mir ansehen wollte, und um zu verhindern daß ich meinen Kopf auch nur bewegte, packte er mich gleichzeitig am Haar; vor Schmerz verzog ich das Gesicht, weil es an der Stelle zog, die er mir gestern ramponiert hatte. «Antworten Sie», befahl er, «haben Sie gefunden, was Sie gesucht haben?»

Wir saßen in meinem 2 CV, in der Kälte, Leute gingen weniger als fünfzig Zentimeter von mir entfernt auf dem Gehsteig vorbei, Autos tuckerten in dem dichten Verkehr auf der Stelle, und wir waren vollkommen abgeschirmt von allem in dieser Art Kiste. Pradier durchsuchte mich kurz, um sicherzugehen, daß ich keine Waffen dabeihatte. Durch die mit Regentropfen bedeckten, triefnassen Scheiben sah man die Leuchtreklamen der Geschäfte und die Signalfarben der Ampeln nur noch als bunte Lichtkreise.

«Was haben Sie gesucht, Tarpon?» fragte der Amboßmann noch mal, da ich nicht antwortete.

«Sie sind vielleicht Philippines Verlobter», legte ich ihm nahe.

«Was haben Sie gesucht, Tarpon?»

Er hatte eine geduldige ruhige Stimme und sprach sehr betont, als ob Französisch nicht seine Muttersprache wäre. Das war schon ein ganz anderes Kaliber als der angebliche

Pradier, und ich glaube, daß ich langsam ein bißchen Angst vor ihm bekam.

«Nichts Bestimmtes, irgendeinen Hinweis», sagte ich groteskerweise, und Pradier lachte höhnisch. «Hören Sie», meinte ich, «als Marthe Pigot zu mir kam, war sie wie ein Mütterchen vom Land angezogen. Als sie getötet wurde, trug sie einen Webpelzmantel und war ziemlich aufgedonnert, nun, ich wollte eben sehen, wie sie sich sonst anzog.»

Der Amboßmann grunzte zustimmend.

«Und was schließen Sie daraus?»

«Nichts. Ich denke mal, sie wollte, daß ich sie für völlig harmlos und dumm halte. Vielleicht war sie ja nicht für jeden so harmlos.» Ich seufzte und machte eine vielsagende Geste. «Was weiß ich.»

«Das geht Sie doch einen feuchten Dreck an, Tarpon!»

«Wie bitte?»

«Sie ist tot. Und nicht mehr Ihre Klientin. Sie haben keinen Klienten mehr. Warum überlassen Sie das Ganze nicht der Polizei? Die kann doch zusehen, wie sie mit dieser Geschichte zurechtkommt.»

«Die Dame hat mich für zwei Wochen im voraus bezahlt», erklärte ich mit kinoreifer Miene.

Hinter mir ließ der Amboßmann ein angewidertes Schnaufen vernehmen.

«Wer hat denn von Ihnen verlangt, sich mit der Sache zu befassen, Tarpon?»

«Nehmen wir mal an, Fanch Tanguy», antwortete ich.

Ich wußte nicht, was in mich gefahren war, das zu sagen. Vielleicht wollte ich sehen, wie sie reagieren. Ich schaute Pradier in die Augen, keinerlei Reaktion, doch hinter mir hörte ich den Amboßmann die Luft durch die Zähne ziehen, und dann vernahm ich ein charakteristisches Klicken; zweifellos hatte der Amboßmann gerade das Verschlußstück einer halbautomatischen Waffe vorschnellen lassen.

«Darüber müssen wir woanders reden. Starten Sie.» Pradier warf ihm einen erstaunten Blick zu.

Ich startete. Der Amboßmann sagte mir, wo ich langzufahren hatte. Wir verließen Mantes und fuhren auf der Route Nationale 190 in Richtung Meulan.

«Langsamer!» kommandierte der Amboßmann, als wir an eine Kreuzung kamen. «Biegen Sie links ab, ja.» Ich bog in eine miese Landstraße ein. Pradier machte wieder ein erstauntes Gesicht.

In der Dunkelheit kam uns ein Auto mit aufgeblendeten Scheinwerfern entgegen. Ich riß kurz meine rechte Hand hoch und verstellte dabei unauffällig den Rückspiegel. Als das andere Auto näherkam und an uns vorbeizischte, wurde der Innenraum des 2 CV beleuchtet, und ich konnte das Gesicht des Amboßmanns deutlich erkennen: über vierzig, nordischer Typ, Glencheckhut, die schmale Krempe ins Gesicht gezogen, graumelierter Bart, hinter Brillengläsern ohne Fassung blaue Augen, die direkt in die meinen blickten.

Wir fuhren weiter, doch jetzt wußte ich, daß er mich in einigen Minuten töten würde, wahrscheinlich, wenn er die geeignete Stelle dazu gefunden hätte. Dann führte die verlassene Straße den Hang eines bewaldeten Hügels hinunter.

«Abbremsen», befahl der Amboßmann.

Ich schlug leicht nach rechts ein, und wir stießen mit voller Wucht gegen einen Kilometerstein.

Der 2 CV fuhr nicht schnell, aber trotzdem. Ich war darauf gefaßt gewesen und hatte mich mit den Füßen abgestemmt, ich wurde hochgeschleudert, hatte den Kopf im Verdeck und die Absätze am Boden und stieß sehr schmerzhaft mit dem Becken gegen das Lenkrad. Pradier schlug mit Kopf und Schultern geradewegs durch die Windschutzscheibe. Der nordische Amboßmann war am besten geschützt, er stürzte lediglich nach vorn und klemmte sich die Hand zwischen den beiden Sitzlehnen ein, in der Hand eine Colt-Selbstladepistole Kaliber .45 mit einem riesengroßen, rübendicken Schalldämpfer.

Unterdessen stauchte es den Motorblock, die Haube hob sich an, die gesamte Winschutzscheibe platzte explosionsartig, Pradier schob es noch weiter raus, und die vier Türen sprangen auf. Der ganze Wagen wurde vielleicht dreißig Zentimeter in die Höhe gehoben und krachte dann mit einem kurzen Knall auf die Stoßdämpfer zurück.

Gleichzeitig schleuderte es mich zurück, ich brüllte vor Schmerz auf, packte dabei aber das Handgelenk des nordischen Amboßmanns. Ein Schuß ging los, es machte Pflopp!, und im Armaturenbrett war plötzlich ein vielleicht fünf oder sechs Zentimeter großes Loch. Ich drückte mit ganzer Kraft auf seinen Arm, nutzte dabei den Steg zwischen den beiden Sitzen als Hebelunterlage und brach ihm das Handgelenk.

«Ha!», sagte der nordische Amboßmann, nur: «Ha!» und schlug mir mit der linken Faust aufs Ohr.

Ich riß die Pistole aus der gebrochenen Hand, hielt aber weiter das Handgelenk umklammert, weil ich wollte, daß wir aufhörten, uns zu schlagen, um endlich wie zivilisierte Menschen miteinander zu reden, doch er hatte sich nun mal darauf versteift, mir weiter mit der anderen Faust aufs Ohr zu dreschen, und dann zog er plötzlich die Knie zum Kinn hoch und schlug aus, den gesamten Vordersitz riß es aus der Verankerung, und ich wurde fast am Lenkrad zerquetscht.

Ich ließ das gebrochene Handgelenk los. Der nordische Amboßmann hechtete durch die offene Tür. Ich zielte über den Sitz hinweg auf den Mann, doch ich zögerte kurz, weil ich wußte, daß man mit dieser Waffe niemals nur verletzte. Er rollte ab und verschwand talwärts in den Feldern.

Ich stieg so schnell ich konnte aus dem Wagen. Pradier hatte sich seit dem Aufprall nicht mehr gerührt: er lag mit dem Oberkörper bäuchlings über der Motorhaube, die Beine steckten noch im Auto. Soweit man das im Dunkeln beurteilen konnte, war sein Gesicht blutüberströmt. Ich ging um den Wagen. Ich krümmte mich vor Schmerzen und konnte mich nur seitwärts gedreht fortbewegen.

In den Stoppelfeldern meinte ich in vielleicht zweihundert Metern Entfernung einen hellen Fleck wahrzunehmen, der sich verdrückte. Ich nahm die .45er in beide Hände und zielte, aber das war ziemlich schwierig, und ich zitterte wie Espenlaub, und dann verschwand der helle Fleck.

Ich lehnte mich an das Wrack des 2 CV. Schweiß tropfte mir in die Augen. Ich bekam schlecht Luft. Mein Atem bildete eine Dampfwolke in der Luft. So kalt war es aber gar nicht. Ich mußte im Augenblick so an die vierzig Fieber haben. Aus den Stoppelfeldern wehte ein widerlicher Düngergeruch herüber. Im Tal waren Lichter zu sehen, ziemlich große Ortschaften, wo es Menschen gab, Läden, Bars, Musik, Zahlungsmittel, die Zivilisation eben.

Nach einer Weile kam ein Auto mit großer Geschwindigkeit auf der Landstraße auf mich zu. Es wurde langsamer, als es am 2 CV vorbeifuhr, beschleunigte dann aber wieder und verschwand. Ich hatte nicht gewinkt. Ich ging abermals um das Wrack herum und konnte eine Taschenlampe aufstöbern. Meine Kelton-Uhr war um 19.54 Uhr zerbrochen und stehengeblieben. Ich leuchtete in Pradiers Gesicht. Der Hals war aufgerissen, seine Augen standen offen, die Zunge klemmte zwischen den Zähnen. Er war tot.

Meinen Zustand konnte man vermutlich als eine Art Traumwandeln bezeichnen. Jedenfalls ging ich querfeldein, immer seitwärts. Nach einer Weile wurden die Muskeln wieder warm, und ich konnte mich schneller bewegen. Schließlich fand ich eine Nationalstraße und versuchte es per Anhalter. Ich wurde von einem Priester in einem R 4 bis Pontoise mitgenommen. Dort nahm ich den Zug und vom Bahnhof Saint-Lazare aus die Metro. Ich kam nach

Hause. Machte im Vorzimmer Licht und schloß die Tür. In diesem Augenblick machte jemand die Schreibtischlampe im anderen Zimmer an. Ich zog die .45er aus der Tasche und richtete sie mit ausgestrecktem Arm auf dieses Ziel. Ich mußte mich ungeheuer zusammenreißen, um nicht loszuballern.

«Eugène Tarpon?» sagte der Kerl an meinem Schreibtisch. «Kommissar Madrier.»

Ich sah ihn an. Ein großer breitschultriger Mann, nicht dick, aber sehr stämmig, mit einem großen Ferkelgesicht, einer kleinen Stupsnase, einem Schmollmund, hellblauen Augen, lockigem strohblondem Haar, etwa vierzig Jahre alt. Er trug einen Kamelhaarmantel und einen perlgrauen, in den Nacken geschobenen Filzhut.

«Können Sie endlich damit aufhören, mich mit dem Ding da zu bedrohen, ja? Ich sag Ihnen doch, ich bin Kommissar Madrier.»

«Beweisen Sie's.»

Er schüttelte lächelnd den Kopf, als wäre ich ein eigensinniges Balg, schlug mit der linken Hand seinen Mantel auf, und seine Weste darunter ebenfalls, damit ich seine Innentasche sehen konnte. Mit Daumen und Zeigefinger der rechten Hand zog er langsam seine Brieftasche raus, legte sie auf den Schreibtisch und klappte sie auseinander. Ich ging auf den Mann zu, hielt weiterhin die Waffe auf ihn gerichtet, schritt durch die Zwischentür, wobei ich eigentlich mit einem Angriff von der Seite rechnete, aber nein.

«Sie sind ganz allein?» Ich nahm die offene Brieftasche.

«Ich arbeite gern allein. Glauben Sie mir jetzt?»

Ich ließ die Pistole sinken und gab ihm seine Brieftasche zurück. Madrier stand, immer noch liebenswürdig lächelnd, auf und steckte seine Brieftasche wieder weg.

«Was ist denn das für ein Riesending?»

Er streckte seine linke Hand aus und nahm mir die .45er ab. Er sicherte sie, wog sie in der Hand und machte sich einen Spaß daraus, wie ein Waffennarr mit ausgestrecktem Arm auf die Mauer zu zielen.

«Das ist eine lange Geschichte», seufzte ich.

«Der Schalldämpfer bringt sie völlig aus dem Gleichgewicht.» Er hatte seinen Spaß daran, die Waffe mit dem Daumen zu entsichern und wieder zu sichern.

«Ich glaube, damit wurde Madame Pigot getötet», sagte ich.

«Ach so.»

Er drückte auf den Abzug, der Schuß ging los und riß einen etwa mandarinengroßen Trichter in die Wand.

«Verdammt, ich Idiot», sagte er lachend, als ob er es nicht absichtlich getan hätte.

Doch ich hatte verstanden. Als er mit der rechten Hand aus seiner Tasche einen Revolver MR 73 zog, um mich abzuknallen, griff ich hinter den Aktenschrank aus Metall und kippte ihm den in die Fresse.

5

Kommissar Antonin Madrier war sich seiner Sache zu sicher gewesen. Der Metallschrank hatte ihn an der Schläfe getroffen, und dann war das schwere Möbelstück, als Madrier mit einem Bein kniete, seitlich abgeprallt und hatte ihm die rechte Hand am Boden zerschmettert. Ich stand vielleicht für zwei Sekunden völlig ohne Deckung da, Madrier hätte also aus allernächster Nähe mit der Automatikwaffe in der linken Hand auf mich schießen können. Er tat es aber nicht, weil alles viel zu überraschend für ihn kam. Mit einem Wut- und Schmerzensschrei riß er seine zerquetschte Hand, die den MR 73 hielt, unter dem Schrank hervor. Durch diese Bewegung verlor er das Gleichgewicht, kippte mit dem Oberkörper leicht nach hinten, das linke Bein ausgestreckt am Boden, das andere angewinkelt unter dem Körper, er saß nun auf seinem rechten Fuß.

Währenddessen packte ich die .45er mit beiden Händen und trat dem Kommissar mit ganzer Kraft in den Schritt. Der Mann heulte laut auf und schlug mich wie wahnsinnig mit dem MR 73 in die Rippen.

Ein Schuß ging los. Ich stolperte über den linken Fuß des Kommissars, fiel auf den Rücken und schlug mit dem Kopf gegen den Heizkörper, die große Automatikwaffe noch immer in der Hand. Ich sah das Gesicht des Kommissars und auch, daß er den MR 73 auf meinen Bauch richtete, und schoß auf ihn.

Ich hatte instinktiv auf die Schulter gezielt, aber das machte eigentlich keinen Unterschied; mit einer solchen Waffe verhielt es sich so, wie ich gesagt habe. Ich sah, wie es Madrier für den Bruchteil einer Sekunde vom Boden abhob, dann fiel er wieder auf den Rücken und verdrehte dabei Arme und Beine. Die Stelle an seiner Schulter ähnelte Soutines Stilleben mit totem Schaf. Mund und Augen waren weit aufgerissen, seine durch den Schock blutunterlaufenen Augen scharlachrot. Blutspritzer auf dem Boden und den Wänden, sogar noch in der Ecke, zwei Meter von der Leiche entfernt. Im Zimmer roch es stark nach Kordit.

Ich stand wankend auf, klammerte mich dabei an den Heizkörper und verbrannte mir die Finger, spürte aber fast nichts. Ich fühlte mich wie betäubt. Meine Knie zitterten. Ich ging um die Leiche herum. Mir lief etwas ins Gesicht, ich strich darüber und besah meine Finger, aber es war nur Schweiß, wie vorhin. Unwillkürlich hob ich den MR 73 auf. Ich sicherte beide Waffen und steckte sie ein, den Revolver in die rechte und die Automatik in die innere Tasche meiner Jacke (meine linke Außentasche war zerrissen, verbrannt und klebrig). Ich versuchte einen klaren Gedanken zu fassen, aber es gelang mir nicht. Mir fiel nur immer wieder ein, daß ich wirklich in die Mündung eines MR 73 geblickt hatte, ein mattschwarzes Loch.

Ich verließ die Wohnung. Stieg die Treppe runter. Lief immer schneller. Schoß wie ein Blitz an der rostzerfressenen Blechtafel «Bitte Schuhe abtreten, auch wenn Sie Schuhcreme AUFFRA benutzen» vorbei. Auf der Straße fing ich an zu rennen. An alles weitere erinnere ich mich nicht mehr genau, aber bestimmt nahm ich die Metro. Später stand ich in einem modernen Aufzug. Der hatte automatische Schiebetüren. Ich trat in einen fensterlosen, mit Teppichboden ausgelegten Treppenflur, überall beschissene

Sperrholzvertäfelung und eine Bank. Ich sah auf die Schilder neben den Klingeln, die Namensschilder. Und wurde fündig. Ich klingelte. Charlotte Malrakis machte mir nach einer Weile auf.

«So eine Scheiße», meinte sie vergnügt. «Der Gendarm Eugène Tarpon!»

Ich blieb auf dem Fußabtreter stehen, schwankte hin und her und blickte sie an. Sie musterte mich und runzelte die Stirn. Sie verschwand für etwa zwanzig Sekunden, kam mit einem Glas Wasser zurück und goß es mir ins Gesicht. Ich schüttelte den Kopf, prustete, spuckte dabei ein bißchen Wasser aus und fing an zu lachen. Charlotte trat beunruhigt einen Schritt zurück.

«He, he», meinte sie.

«Ist nichts weiter. Nur … Ich kann wieder denken … Deshalb bin ich hergekommen», stammelte ich. «Ist aber vorbei. Haben Sie keine Angst.»

«Ich hab keine Angst», sagte Charlotte, nunmehr stutzig geworden. «Was ist passiert? Haben Sie getrunken?» Sie sah auf meine linke Seite. «Was haben Sie? Mist, Sie sind ja voller Blut.»

«Nein, nein», meinte ich und machte einen Schritt ins Zimmer, mit Wassertropfen im Auge und einem Wassertropfen an der Nase, und fiel einfach um, voll auf die Nase.

Dann war es hinter den Rollos wieder hell, und ich lag im kuscheligen Bett. Ich hatte gerade die Augen aufgemacht. Im Halbdunkel war nicht viel zu erkennen. Ich erinnerte mich an das mattschwarze Loch im Lauf des Revolvers, und ich erinnerte mich an den Rest. Ich machte eine schnelle Bewegung, weil ich mich aufsetzen wollte, und verspürte in meiner Flanke einen geradezu lähmenden Schmerz. Also blieb ich ruhig liegen und überlegte. Kurz darauf tastete ich meine linke Seite ab. Zunächst stellte ich fest, daß ich Hemd und Unterhose anhatte. Mein Hemd war an der Seite aufgerissen. Fast die gesamte linke Hälfte meines Brustkorbs tat bei Berührung sehr weh. Doch ich hatte keine offene Wunde. Mein Becken, mein Kreuz und mein Kopf machten mir ebenfalls zu schaffen.

In diesem Augenblick kam Charlotte zurück. Ich war besorgt, als ich hörte, daß die Tür aufging, doch ich beruhigte mich wieder, als ich die Kleine im Gegenlicht erkannte. Sie schlich auf Zehenspitzen durch die Wohnung.

«Ich bin wach», sagte ich.

Sie knipste eine Lampe an. Sie hatte eine Einkaufstasche in der Hand. Sie trug einen khakifarbenen Trenchcoat, wie der nordische Amboßmann, eine enge dunkelblaue Cordsamthose und Basketballschuhe. Ansonsten schmal gebaut, ein zierliches, spitz zulaufendes Gesicht, eine auffällig zarte, leicht goldbraune Haut, langes braunes Haar, das ihr bis über die Schultern reichte. Je mehr ich darüber nachdachte, desto hübscher fand ich sie. Sie stellte ihre Einkaufstasche auf dem Boden ab.

«Wie geht's?» sagte sie leicht frostig.

«Geht so.»

Sie trat zu dem großen Schiebefenster und zog die Rollos mit einer schwenkbaren Kurbel hoch. Das Tageslicht flutete in den Raum, ein großes Einzimmerappartement mit Küchenecke und einer Zweiermatratze, auf der ich lag, jede Menge Lederhocker und Kissen; zwei Wände nur Regale mit Büchern und Schallplatten, ein tragbarer Fernseher in der Mitte des Raums auf dem Boden und eine wuchtige Quadro-Anlage mit Lautsprecherboxen, so groß wie Kommoden. Alle möglichen Bilder waren mit Stecknadeln an die Wände gepinnt: ein Porträt von Marilyn Monroe, eins von Clark Gable, andere von Leuten, die ich nicht kannte, offenbar Kinostars der Vorkriegszeit, bis auf eine magere Schwarze mit Chihuahua und Zigarettenspitze, die war eher Sängerin oder so; ein Poster mit dem von Norman Rockwell signierten Titelblatt der *Saturday Evening Post* vom 12. Juni 1937; und noch anderes Zeug.

Charlotte kam in die Zimmermitte. Sie zog Zeitungen aus ihrer Strohtasche und warf sie auf mein Bett. Sie nahm die Tasche und ging zur Kochnische. Ich sah, daß sie ein Päckchen gemahlenen Kaffee auspackte. Sie riß es auf und stellte eine Kaffeemaschine an. Dann ging sie durch das Zimmer zur Quadro-Anlage, schaltete sie ein und legte den Tonarm des Plattenspielers auf eine bereits auf dem Teller liegende Schallplatte.

Zwischenzeitlich hatte ich mich mit leicht schmerzverzerrtem Gesicht aufgesetzt und zu den Zeitungen gegriffen, die sie mir hingeworfen hatte: *France-Soir* (ein Zeichen dafür, daß es schon später Vormittag war) und *Parisien Libéré*. Ich war jeweils auf der Titelseite erwähnt, im *Parisien* mit Foto und der Schlagzeile DER IRRSINNIGE «PRIVATDETEKTIV»; und *France-Soir* titelte WILDWEST IM HALLENVIERTEL. Aus beiden ging hervor, daß ich vermutlich der Mörder mit der .45er sei, der Marthe Pigot am Bahnhof Saint-Lazare erschossen hätte und dann, von Kommissar Antonin Madrier entlarvt, dieselbe Waffe gegen ihn gerichtet hätte. *France-Soir* zufolge war das äußerst wahrscheinlich; *Parisien* zufolge stand das fest. Im *Parisien* hatte ich «schon im letzten Jahr im Zusammenhang mit sadistischen Morden in Kreisen von Linken und sexuell Pervertierten» von mir reden gemacht. Ich faltete die Zeitungen wieder zusammen. Die Quadro-Anlage spielte leise eine schrille und mißtönende Musik, die mir etwas auf die Nerven ging. Die Kaffeemaschine spie Dampfwolken aus. Charlotte schaltete sie ab.

«Danke», sagte ich.

«Ist schon gut. Haben Sie Schmerzen? Ich hab einen Doktor geholt.»

«Wie bitte?»

«In der Nacht. Einen Freund. Scheint nichts Schlimmes zu sein. Eigentlich haben Sie gleich einen Röntgentermin, aber...» Sie sprach ganz gedehnt. «Sie hatten einen ziemlichen Schock», meinte sie dann resolut. «Wahrscheinlich hat jemand aus allernächster Nähe auf Sie geschossen und Sie nur knapp verfehlt.»

«Er hat eigentlich bloß mit dem Revolver nach mir geschlagen. Und dabei hat sich ein Schuß gelöst.»

Charlotte goß Kaffee in zwei Tassen.

«Ich hatte das nicht mal bemerkt», sagte ich.

«Sie waren voller Blut, Tarpon. Es sickerte durch die Haut. Sie waren auf mindestens dreißig Quadratzentimetern mit Blut beschmiert. Ich hatte vielleicht Angst!»

«Tut mir leid. Könnten Sie vielleicht dieses Gejaule abstellen? Entschuldigung, aber mein Kopf…»

Sie lachte.

«Ungehobelt wie eh und je, Tarpon. Da werden Sie mit Marion Brown geweckt und beschweren sich. Erinnern Sie sich noch an Chick Corea?» fragte sie, als sie zum Plattenspieler ging, und da ich gedankenverloren den Kopf schüttelte, sagte sie mir, daß wir den letztes Jahr schon mal gehört hätten, als sie in diese schlimme Geschichte verwickelt gewesen war und wir zusammen im Auto fuhren, da habe das Radio Chick Corea gespielt, und ich hätte einen anderen Sender einstellen wollen. Ob ich mich nicht daran erinnere? Ich sagte, nein, leider nicht.

Sie stellte die Musik ab, schüttelte den Kopf, kam wieder zu mir und brachte Zucker mit. Ich schob die Zuckerdose weg und schüttelte den Kopf. Sie süßte ihren Kaffee. Wir sagten nichts mehr, sie starrte mißmutig in ihre Tasse.

«Ich habe diesen Kommissar umgebracht», seufzte ich. «Gestern abend habe ich Kommissar Madrier umgebracht.»

«Ich will gar nichts wissen», sagte Charlotte.

Daraufhin erzählte ich ihr alles, wirklich alles.

Wir tranken noch mal Kaffee. Als ich etwa die Hälfte berichtet hatte, goß sie uns auch etwas Birnengeist in zwei Probiergläser. Sie hörte ernst zu und stellte von Zeit zu Zeit eine vernünftige Frage. Eine ziemlich schreckliche Geschichte erzählte ich ihr da, doch es tat irgendwie gut, sie bei ihr loszuwerden.

«Aber warum mußten Sie ihm denn den Schrank in die Fresse knallen?» fragte sie.

«Weil er mich in dem Augenblick doch umbringen wollte. Die .45er kam ihm sehr gelegen, wissen Sie. Er wollte mich sowieso umbringen, aber die .45er kam ihm wirklich sehr gelegen. Es hätte dann ein Geschoß Kaliber .45 in der Wand gesteckt, als Beweis, daß ich das Feuer mit der Pistole eröffnet hätte, und daß er mich in Notwehr umgelegt hätte. Sein Plan hat ja auch perfekt funktioniert.» Ich machte eine vage Geste hin zu den Zeitungen auf dem Bett. «Nur, daß er jetzt eben tot ist», ergänzte ich.

Charlotte begann glucksend zu lachen. Ich sah sie verständnislos und ärgerlich an.

«Ein Idiot, Ihr Kommissar Madrier.»

«Finden Sie! Stecke ich vielleicht nicht in der Scheiße?»

«Trotzdem war er ein armes Arschloch», sagte Charlotte. «Friede seiner Asche!» Sie gluckste wieder los, was mich noch fuchsiger machte. «Er hätte Sie bloß gleich am Anfang abknallen müssen. Und dann nur noch hinterher seine .45er-Löcher in die Wand zu machen brauchen.»

Ich rührte mich nicht und beobachtete sie mit hängendem Unterkiefer, wozu ich sowieso neige. Sie gluckste immer noch, die kleine Kröte. Sie stieß einen Seufzer aus, ging zum Plattenspieler und sah ihre Platten durch. Von Zeit zu Zeit blickte sie mich giftig an oder gluckste wieder.

«Was hätten Sie denn gern, mein Ärmster, mit Akkordeon hab ich nichts. Was haben Sie jetzt vor?»

«Ich mag kein Akkordeon. Wir können doch mal fünf Minuten ohne Musik sein, oder?»

«Das ist hart.»

«Ich werde zur Polizei gehen», sagte ich. «Was soll ich denn sonst tun.»

«Wenn Sie das machen, sind Sie erledigt.»

Sie ging ins Badezimmer und kam gleich danach mit meinen Klamotten, der .45er und dem MR 73 wieder raus.

«Ein Zuckerschlecken wird das nicht», gab ich zu. «Aber ich bin unschuldig. Also muß es eine andere Erklärung für alles geben. Wir werden uns aussprechen. Und die Erklärung finden.»

«Beim Arsch meiner Mutter!» rief Charlotte. Ihre derben Ausdrücke finde ich zuweilen wirklich empörend. «Im Moment können Sie keinem einzigen Flic trauen. Verdammt, Tarpon, bei dieser Sache gibt es doch irgendwelche Querverbindungen zur Polizei!»

«Was für eine Sache denn?»

Sie warf meine Klamotten und die Waffen aufs Bett und hob dann wütend die Arme hoch. Sie hatte hübsche Brüste.

«Ich weiß nicht, was für eine Sache! Sie sind doch der Detektiv. Also ermitteln Sie!»

«Nein, nein», meinte ich. «Sie machen das sehr gut. Sie sind so wunderbar überzeugend. Also los, erklären Sie mir das mal.»

Sie ließ sich neben dem Bett auf die Knie fallen, hob ein zerdrücktes Päckchen Gauloises vom Boden auf, riß ein Streichholz aus einem Briefchen und zündete sich eine verbogene Zigarette an.

«Dieser sogenannte Fanch Tanguy», meinte sie bedächtig, «hat sich seine Tochter geschnappt. Als sich die Mutter des Mädchens nach reiflicher Überlegung dazu entschlossen hat, Ihnen zu sagen, daß es sich um diesen Fanch Tanguy handelt, wurde sie von einem Killer ausgeschaltet. Als Sie mit diesem Killer konfrontiert wurden und den Namen Tanguy ausgesprochen haben, hat er beschlossen, sie abzuknallen. Und als der Sie verfehlt hat, wartet Kommissar Madrier bei Ihnen zu Hause, damit er Sie umlegen kann. Madrier wußte, daß Sie mit der .45er zurückkommen würden, sonst ergibt das alles keinen Sinn. Madrier und Ihr Mörder haben zusammengearbeitet. Beide haben Tanguys Befehle ausgeführt. Das ist doch klar!» Ich wollte etwas sagen, doch sie winkte verbietend ab, sie überschlug sich fast beim Sprechen. «Das geht bis nach ganz oben. Es gibt Leute, die haben dem… dem ersten Kommissar da die Ermittlung entzogen, wie hieß der doch gleich…»

«Chauffard.»

«Genau. Die haben Chauffard die Ermittlung entzogen, um sie Madrier zuzuschanzen. Verdammt, Sie haben mir doch gesagt, daß Madrier nach irgendeiner undurchsichtigen Geschichte befördert wurde?»

«Ich hab das nicht gesagt, Coccioli hat das erzählt.»

«Der gute alte Coccioli», meinte Charlotte verträumt.

«Obwohl, Coccioli hat sich nicht genau geäußert, nur was angedeutet», sagte ich.

«Na, das reicht doch. Madrier hat von dem Augenblick an mit den beiden anderen gemeinsame Sache gemacht!»

«Aber ja, ganz bestimmt sogar», murmelte ich, mein ironischer Vorstoß schlug aber fehl; Charlotte war nicht mehr zu bremsen; sie trank ihren Schnaps auf ex und nahm den Kopf in beide Hände.

«Oje, oje! Tarpon! Alles paßt zusammen!»

«Ich wäre gern so verdammt optimistisch wie Sie.»

«Optimistisch nennen Sie das? Tarpon, Sie müssen das alles zu Papier bringen und es schleunigst den Zeitungen zukommen lassen.» Sie erhob sich und stürzte in die hintere Ecke. Sie warf einen Stapel Illustrierte um und griff sich die Hermès-Baby-Schreibmaschine, die darunter gestanden hatte. «Fünf Exemplare!» rief sie, klappte eine Schreibplatte herunter und ließ die Maschine draufkrachen. «Eins geht an *Libération*, eins an *Politique Hebdo*, eins an den *Canard enchaîné* und zwei behalten wir.»

«He, he», meinte ich. «Dürfte ich das vielleicht entscheiden, ja?»

Sie sah mich an.

«Wenn die alle umbringen, die jemals was von Fanch Tanguy gehört haben», sagte sie, «dann bin ich mit von der Partie, mein Lieber.»

6

Ich überlegte kurz, während Charlotte munter Papierstapel durchwühlte und herumschimpfte, weil sie das Kohlepapier nicht finden konnte.

«Hören Sie», meinte ich schließlich, «wir werden einen Handel machen. Ich verziehe mich von hier.» Ich erhob mich aus dem Bett, es war mir ein bißchen peinlich, nur in Hemd und Unterhose dazustehen, außerdem taten mir die Rippen und das Becken weh. Ich griff nach meinen Sachen und zog sie mir an. «Ich werd mich von hier verziehen», wiederholte ich. «Ihren Namen halte ich aus allem raus, und dann wird niemand erfahren, daß ich Sie gesehen habe. Und als Gegenleistung schreiben Sie nichts an die Zeitungen und vergessen das Ganze.»

«O nein!»

«O doch. Hätten Sie vielleicht einen Rasierapparat?»

Sie ging vor ins Bad und gestikulierte dabei mit gespreizten Händen in Höhe ihres Kopfes herum.

«Das ist doch sozusagen eine Lebensversicherung, Tarpon, verflixt noch mal!»

«Wenn das so ist, wie Sie sagen, wird das nur einen von diesen schlappen Skandalen auslösen … Nein. Ich will mir nicht ewig die Flics und Gott weiß was sonst noch alles aufhalsen. Gut, ich schreibe einen Brief, aber der geht an einen Anwalt. Nur öffnen, falls mir was zustößt, verstehen Sie, so in der Art.»

Das Badezimmer war nicht aufgeräumt, ein übervoller Korb mit schmutziger Wäsche, Dessous auf einem Trockenständer. Charlotte legte einen Gillette, eine Tube Rasiercreme und einen Pinsel auf das Waschbecken. Dabei ließ sie mit verkniffenem Mund die Gegenstände laut gegen das Porzellan knallen. Ich ließ warmes Wasser laufen, machte mir die Wangen feucht, drückte Seife aus der Tube und nahm den Rasierpinsel.

«Gehört das Ihrem Mann?»

«Hmja.»

«Gestern abend, also heute nacht, als ich kam, da haben Sie mir doch ein Glas Wasser ins Gesicht geschüttet, nicht? Warum eigentlich?»

«Sie sahen so komisch aus.»

«Ich wollte Sie vögeln.»

«Was?»

Ich seifte mich gründlich ein. Ich besah mein Schaumgesicht im Spiegel.

«Das war eher unbewußt», sagte ich. «Weil ich gestern innerhalb weniger Stunden miterlebt hab, wie zwei Menschen gewaltsam zu Tode gekommen sind, und weil man zweimal versucht hat, mich umzubringen.»

«Ist aber nett, daß Sie da an mich gedacht haben», sagte Charlotte.

«Mit Denken hatte das eigentlich nichts zu tun.»

Als ich mich gewaschen und rasiert hatte, ging ich wieder rüber in das Zimmer zu Charlotte, die mit dem Rücken zu mir am Fenster stand. Ich setzte mich auf das Bett und untersuchte die Waffen. Es waren noch drei Patronen im Magazin der .45er Colt und vier in der Sechsertrommel des MR 73. Ich nahm den Schalldämpfer von der Pistole ab, denn in zwei Teilen konnte man sie besser verstauen. Ich zog mein zerrissenes verbranntes Jackett über mein ebenfalls zerrissenes und fleckiges Hemd und griff mir meinen Mantel, der noch ramponierter aussah.

«Warten Sie», sagte Charlotte. Sie öffnete die Schiebetür eines Einbauschranks und kam mit einer langen Schaffelljacke zurück. Ich zog sie an. Sie stand mir gut.

«Die ist von Nick», sagte Charlotte.

«Danke. Ich geb sie Ihnen wieder zurück. Wo ist Nick eigentlich?»

Sie zuckte mit den Schultern. Ich nahm alles aus den Taschen meines Jacketts und meines Mantels.

«Sehen Sie mal.»

Ich hielt Charlotte das Foto hin, das mir Marthe Pigot geschickt hatte. Sie sah es sich lange von beiden Seiten an, dann gab sie es mir zurück.

«Was ist das für eine Uniform?»

«Aus der Besatzungszeit», sagte ich. «Ich glaube, von der Miliz.» Ich steckte das Bild ein. «Also, danke für alles. Auf Wiedersehen.» Sie antwortete nicht. «Sie sind jetzt eingeschnappt, nicht wahr?»

«Ja.»

«Hören Sie», sagte ich. «Ich will gar nicht mit denen verhandeln. Nur will ich auch nicht einfach so eine Pressekampagne starten, wenn ich nicht einmal weiß … wenn ich überhaupt nichts weiß. Das hieße nämlich, alle Brücken hinter sich abzubrechen. Ich stamme aus einer Bauernfamilie, meine Kleine. Ich breche überhaupt nichts ab.»

«Los, verschwinden Sie.»

«Auf Ihre Wertschätzung kann ich verzichten», erklärte ich.

Ich ging und machte ganz leise die Tür hinter mir zu.

Von Buttes-Chaumont, wo sich das Appartement der Malrakis befindet, nahm ich bis Montparnasse die Metro, dann den Zug in Richtung Versailles. Ich stieg in Clamart aus und mußte dann noch ziemlich lange laufen. Überall

Baustellen und neue Wohnblöcke; Clamart veränderte sich. Das war früher ein Kaff von Gemüsegärtnern, und hier wird immer noch einmal im Jahr das Erbsenfest gefeiert. Als es wegen der Champignonkeller einen Geländeeinbruch gab, sind den Arbeiterfamilien die Häuschen, für die sie sich abgerackert hatten, überm Kopf zusammengefallen. Außerdem sterben nach und nach die Rentner weg. Nun reißt man die Siedlungen ab und baut statt dessen Wohnblöcke mit Glastüren, in die Führungskräfte aus der Mannschaft von Rocard, Servant-Schreiber oder der Christdemokraten mit Aktenkoffern und rechteckigen Brillen einziehen.

Es gibt aber noch Bereiche, in denen Einfamilienhäuser und kleine Gärtchen in gewundenen Straßen mit holperigen Fußwegen das Bild beherrschen. In so einen Bereich ging ich, südöstlich des Bahnhofs, etwa zwei Kilometer von der Bahnlinie entfernt. Ich lief an Lattenzäunen vorbei, stieß eine Gittertür auf und näherte mich auf einem hellen Kiesweg einem zweigeschossigen Häuschen mit Zementverputz, das doppelt so hoch wie breit war und wie ein Zahn vor einem Gemüsegarten aufragte. In der Ferne hörte man Baustellenlärm und Preßlufthämmer. Ich stieg die drei Stufen der Außentreppe hoch und trat ein.

Haymann saß in seinem blitzsauberen Wohnzimmer in einem abgenutzen großen Ledersessel, er trug Pantoffeln, eine weite graue Flanellhose und einen packpapierbraunen halsengen Pullover. Er las gerade *Nostromo* von Joseph Conrad. Ich betrachtete ihn einen Augenblick von der Zimmertür aus, ich war ganz leise hereingekommen, dann blickte er über den Rand seines Buches und musterte mich nachdenklich und kühl. Er legte seinen offenen Schmöker umgekehrt auf das runde Beistelltischchen.

«Ach, sieh mal einer an. Heut ist doch gar nicht unser Spieltag, Gendarm.»

«Haben Sie denn keine Zeitung gelesen?» Ich ging ins

Zimmer. Mit einemmal fühlte ich ich mich etwas müde; und dann taten mir meine Verletzungen weh.

«Ich lese kaum noch Zeitungen, seit ich nicht mehr für sie schreibe», sagte Haymann. «Coccioli hat mir aber welche gebracht. Wollen Sie was trinken?»

Ich strich mit der Hand über den Magen.

«Hätten Sie vielleicht was zu essen?»

«Ich hab Schinken.»

Er stand auf und begab sich in die Küche. Ich folgte ihm. Aus einem Fach im Hängeschrank nahm er Teller und Besteck und drückte mir alles in die Hand. Ich ging zurück ins Wohnzimmer und stellte alles auf der rissigen Wachstuchdecke zurecht. Haymann kam mit dem Schinken, den er aus dem Kühlschrank geholt hatte, zwei Gläsern und einem Liter Rotwein. Wir setzten uns. Haymann langte nach einem Reiseschach auf einem Wandbrett.

«Eine kleine Partie beim Essen?»

Ich seufzte unentschlossen. Er stellte das Schachbrett zwischen uns auf, und wir losten die Farbe aus, ich bekam Schwarz, er eröffnete und zog den Königsbauer zwei Felder vor, ich entschied mich für die Pirc-Verteidigung.

«Coccioli war also hier. Dienstlich?»

«Den Eindruck hat er eigentlich nicht gemacht. Sie sollen sich mit ihm in Verbindung setzen.»

«Was? Ich mich mit ihm in Verbindung setzen? Er will mich schnappen, ja.»

Haymann schüttelte den Kopf und verzog das Gesicht.

«Ich weiß nicht», sagte er, «ich bin nicht sicher. Haben Sie diesen Kerl wirklich getötet, diesen Kommissar, den Madrier?»

Ich verzog ebenfalls das Gesicht und nickte. Er strich sich über sein rauhes Kinn. Er hatte sich heute morgen nicht rasiert. Sein Bart war weiß.

«Sie stecken wirklich in der Scheiße. Ich schlage Ihren Bauern.»

Er schlug meinen Bauern. An einem solchen Tag hätte ich mich nicht für die Pirc-Verteidigung entscheiden sollen, weil sie während der ersten zehn Züge ungeheuer viel Aufmerksamkeit erfordert. Aus meiner Tasche zog ich das Foto, das mir Marthe Pigot geschickt hatte, und hielt es Haymann hin.

Er nahm es nicht in die Hand, schaute es sich aber mit zusammengekniffenen Augen an. Er erhob sich und holte seine Brille aus einem dunkelblauen Metalletui. Er setzte sie auf und besah sich nochmals die Fotografie, ohne wieder Platz zu nehmen, wobei er sich sich mit einer Faust auf den Tisch stützte und den Hintern rausstreckte. Seine leicht hängende Unterlippe entblößte die vom Zahnstein ganz gelbe untere Zahnreihe, und er atmete ziemlich laut.

«Wissen Sie, wer dieser Kerl ist?» fragte er.

«Ein gewisser Fanch Tanguy vielleicht?»

Er nickte, als ob wir gerade vor kurzem darüber gesprochen hätten.

«Fanch, der Pfeifer. Besteht ein Zusammenhang zwischen der Scheiße, in der Sie stecken, und Fanch dem Pfeifer?»

Ich erklärte es ihm. Er nickte, und ich hörte wieder seinen Atem. Kurz darauf setzte er sich, trank drei große Gläser Rotwein und hörte sich weiter meine Geschichte an. Charlotte Malrakis erwähnte ich nicht.

«Fanch, der Pfeifer», wiederholte Haymann, als ich alles erzählt hatte, er seufzte und lächelte, es war aber kein heiteres Lächeln.

«Ich dachte, das ist vielleicht eine Miliz-Uniform. Deshalb bin ich hergekommen. Warum nennen Sie ihn Fanch, den Pfeifer?»

«Weil er immer pfiff», sagte Haymann. «Und zwar immer den Totentanz. Kennen Sie den?» Er pfiff mir einige Takte vor; ziemlich falsch. «Anscheinend hat ihn ein Film von Fritz Lang sehr beeindruckt, *M – Eine Stadt sucht ei-*

nen Mörder. Da kommt ein Triebmörder drin vor, ich glaube, Peter Lorre hat den gespielt, der pfeift die ganze Zeit den Totentanz[1].»

«Den hab ich gesehen. Sagen Sie ...» Ich hielt inne. Haymann blickte hoch und sah mich verdutzt an. Er fragte mich, ob irgendwas nicht in Ordnung sei. «Nein, alles klar», sagte ich. «In dem Film gibt's doch einen blinden Bettler, nicht? Der erkennt den Mörder, als er ihn pfeifen hört, stimmt's?»

«Stimmt. Richtig!» rief Haymann. «Ich verstehe, was Sie meinen. Aber das ist ziemlich unwahrscheinlich.»

«Warum?»

«Fanch der Pfeifer ist tot. Seit '44.»

«Können Sie mir nun endlich sagen, wer Fanch der Pfeifer war, verdammt noch mal!»

«Ich versuche es. Aber Sie unterbrechen mich ja die ganze Zeit. Fanch der Pfeifer war eine Drecksau. Er kam von der Bretonischen Nationalpartei, falls Sie die Abkürzung mal irgendwo sehen, heißt also nicht immer ‹Bruttonationalprodukt›. Mischte fleißig bei den Deutschen mit. Das hat sogar zum Bruch mit den Faschisten seiner Nationalpartei geführt, das muß man erst mal schaffen. Um '43 herum wird er dann richtig zum Gauner. Ein bißchen Milizionär, ein bißchen französische Gestapo, stand in Verbindung mit dem Gestapohauptquartier in der Rue Lauriston. Nötigung, Erpressung von Geld, Spitzeldienste, Folter. Und er pfiff immer, während er, während er ...»

«Regen Sie sich nicht auf, Haymann», riet ich ihm.

Er lehnte sich auf seinem Sitz zurück, holte tief Luft und fegte dann mit dem Handrücken das Schachbrett in die Mitte des Zimmers. Die Figuren flogen in alle Richtungen.

---

1 Peter Lorre pfeift in *M – Eine Stadt sucht einen Mörder* als Verbrecher nicht zwanghaft den *Totentanz*, sondern ein Thema von Grieg. Haymann irrte sich oder aber Tarpon gibt das Gesagte nicht korrekt wieder.

Wir sahen uns an und sagten nichts. Haymann beruhigte sich allmählich wieder.

«Sagen wir es so, die Männer meiner Cousinen hatten mit Fanch dem Pfeifer zu tun.» Er zündete sich eine Gitane Maïs an. «Sie wissen doch, wie wir Juden sind. Regen uns wegen Kleinigkeiten auf.»

«Okay», meinte ich. «Okay. Können Sie mir noch mehr dazu sagen?»

«Über solche Sachen hab ich Akten im Keller. Da müßte ich erst nachsehen, wenn Sie was Genaues wissen wollen.»

«Würd ich gern, bei Gelegenheit. Marthe Pigot, sagt Ihnen der Name was?»

«Überhaupt nichts. Die war Anhängerin von Pétain, wenn sie ihrer Tochter so einen Namen verpaßt hat. Aber ... nein. Pigot, vielleicht ein falscher Name.»

«Und Fanch Tanguy ist tot. Sind Sie sich da sicher?»

«Fanch der Pfeifer hat sich '44 von einem Freikorps schnappen lassen, als er mit einem Wagen voller Geld und Schmuck runter in Richtung spanischer Grenze fuhr. Er wurde getötet. Einzelheiten weiß ich nicht. Aber warten Sie, lassen Sie mich kurz überlegen, ja: ich kann einen Augenzeugen ausfindig machen. Ein Anruf genügt. Soll ich?»

Ich breitete die Arme aus. Ich wußte nicht, wohin uns das alles führen sollte, aber irgendwohin mußte ich ja. Ich nickte. Haymann stand vom Tisch auf und nahm hinten im Zimmer einen großen vorsintflutlichen Telefonhörer ab. Ich erhob mich ebenfalls und sammelte die verstreuten Schachfiguren ein. Ich hörte, wie Haymann einen gewissen Hauptmann Melis-Sanz verlangte, dann folgte ein kurzes Gespräch auf Spanisch. Schließlich legte Haymann wieder auf.

«Geht klar», sagte er. «Wir sehen unseren Burschen heute abend.»

«Wie spät ist es?»

«Zwei Uhr fünfzehn. Sie haben doch selbst 'ne Uhr.»

«Die ist kaputt. Hat Coccioli was gesagt, wie ich Kontakt zu ihm aufnehmen soll?»

«Sie brauchen ihn nur anzurufen. Er hat verschiedene Nummern dagelassen. Sagen Sie, kennen Sie einen Kerl, ungefähr fünfundvierzig, Brille, Trenchcoat, Glencheckhut, rechter Arm in der Binde?»

«Warum?» fragte ich.

Haymann sah durch die weißen Baumwollgardinen nach draußen.

«Weil der vor dem Haus auf und ab geht.»

Ich klappte das Schachspiel zusammen, holte den MR 73 raus, entsicherte ihn und legte den Revolver auf den Tisch.

«Das ist mein Amboßmann», sagte ich. «Wenn es mulmig wird, schießen Sie einfach drauflos. Die Kammer gegenüber vom Schlagbolzen ist leer, sonst sind noch vier Schuß drin. Passen Sie auf, der Herr fackelt nämlich nicht lange.»

«He!» sagte Haymann. «Eine Sekunde noch!»

Aber ich war schon am Eingang, ging durch die Tür und zog die .45er aus der Tasche. Der nordische Amboßmann lief nicht mehr hin und her, sondern lehnte seelenruhig an der Gittertür. Er rauchte eine kleine Zigarre. Er blickte über die Schulter nach hinten und sah mich.

«Drehen Sie sich langsam zu mir um», befahl ich.

Er gehorchte. Er sah mitgenommen aus. Sein rechter Arm steckte in einer breiten schwarzen Binde. Er hatte die Hand und den Unterarm in einem Gipsverband, der über den Ellenbogen bis zum Bizepsansatz reichte, so daß er den Trenchcoat rechts nicht drüberziehen konnte, der Ärmel baumelte herunter.

«Machen Sie keine Dummheiten, das könnten Sie bereuen, Monsieur Tarpon», sagte er. «Wir haben nämlich Charlotte Malrakis.»

7

«Charlotte wen?» fragte ich nach einem Augenblick.

«Sie erlauben?»

Er deutete auf das Innere seines Trenchcoats. Ich zwinkerte ihm zu.

«Langsam.»

Vorsichtig zog er aus seiner Innentasche ein farbiges Polaroidbild und hielt es mir hin. Auf dem Foto war Charlotte, nackt, in Handschellen und an einen Metallstuhl gefesselt, der auf einem Zementfußboden festgeschraubt war. In das Bildfeld hielt eine fremde Hand eine Ausgabe des heutigen *France-Soir*. Das Datum konnte man nicht erkennen, aber die Überschriften – darunter auch «Wildwest im Hallenviertel» – waren deutlich zu lesen, das Foto stammte also zweifelsfrei von heute, wie man es von einem frischen Ei ja auch verlangt. Charlottes Haare waren etwas zerzaust, und sie hatte geweint; Wimperntusche war im Gesicht verlaufen. Ansonsten bemühte sie sich um Haltung. Augenscheinlich war sie nicht verletzt. Ich sah dem Amboßmann ins Gesicht.

«Langsam», meinte der nun wiederum.

«Ja, ja», murmelte ich dumm vor mich hin, sagte dann aber: «Ich hab einen ausführlichen Brief an meinen Anwalt geschrieben. Wenn Sie dieser Frau was antun, garantiere ich Ihnen, daß ganz Frankreich von Fanch Tanguy hören wird.»

Er nickte.

«Sie machen mir eine Menge Schwierigkeiten. Ich hab zu lange gebraucht, um Sie zu finden. Wir werden diese ganze Angelegenheit mit Verhandlungen lösen müssen.»

«Lecken Sie mich doch am Arsch mit Ihren Verhandlungen», sagte ich, obwohl ich mich sonst eigentlich nicht so unflätig ausdrücke. «Sie werden Charlotte Malrakis freilassen.» Er grinste höhnisch. «Gut. Was schlagen Sie dann vor?»

«Sie und der Alte in der Bruchbude da», er deutete mit dem Kinn in Richtung Haus, «kommen jetzt mit. Sofort. Ich bin nicht befugt, Gespräche zu führen. Ich werde Sie mit an einen Ort nehmen, wo Leute mit Ihnen sprechen werden. Sie stecken besser die Waffe weg. Die Nachbarn werden am Ende noch etwas bemerken, und wir wollen doch nicht auffallen, oder?»

Ich antwortete nicht. Ich versuchte nachzudenken. Aus seiner Tasche zog der nordische Amboßmann behutsam ein Büschel brauner Haare und wischte mir gewissermaßen die Nase damit.

«Die hab ich ausgerissen», verkündete er und zeigte mir die Haarwurzeln. «Wenn die Verhandlungen nicht bis Mitternacht stattfinden, haben meine Kollegen die Anweisung, Charlotte Malrakis einen Finger abzusägen. Je mehr Zeit von jetzt an vergeht, desto weniger werden sich kleinere Gewalttätigkeiten vermeiden lassen.»

Ich schlug ihm mit der .45er seitlich an den Kopf. Der Schlag hat ihn völlig überrascht. Eine Colt-Pistole .45 wiegt an die drei Pfund. Der Kerl ging sofort zu Boden. Und fiel auf den Kiesweg. Ich steckte die Waffe ein, packte den Amboßmann an den Fußknöcheln und schleppte ihn schleunigst ab. Haymann tauchte auf und half mir. Wir brachten ihn ohne große Umstände die Außentreppe hoch, sein Kopf prallte von Stufe zu Stufe, und zogen ihn in die Mitte des Wohnzimmers. Haymann warf einen besorgten Blick durch die Vorhänge.

«Hoffentlich hat uns niemand gesehen, ich hab sowieso schon keinen besonders guten Ruf im Viertel.»

«Da können wir doch nichts dafür. Geben Sie mir einen Hammer.»

Er sah mich von der Seite an, dann ging er aus dem Raum und kam einige Sekunden später mit einem Klauenhammer zurück. Den riß ich ihm aus den Händen.

«Halt, Tarpon ...»

Ich schmiß das Polaroidfoto auf den Tisch, Haymann warf einen Blick darauf, und es bildete sich eine tiefe Stirnfurche zwischen seinen Augenbrauen. Ich durchsuchte den Amboßmann. Er hatte einen paraguayischen Paß und einen Führerschein auf den Namen Cedric Kasper bei sich, 2500 Franc in Scheinen und 100 Franc in Münzen, eine tschechische Selbstladepistole Modell 52 mit drei Reservemagazinen. Sonst nichts, außer einem Taschentuch. Cedric Kasper lief wahrscheinlich lieber unbelastet mit leeren Taschen rum. Ich versetzte ihm einen Tritt auf die Nase. Durch den Schmerz kam er wieder zu sich. Er machte die Augen auf, ohne sich zu rühren, schätzte kurz die Situation ein und rückte dann seine schiefsitzende Brille zurecht. Ich kniete mich neben ihn auf den Boden, weit genug weg, um keinen Fußtritt abzubekommen. In der linken Hand hielt ich die .45er, den Hammer in der rechten. Haymann saß verkehrt herum auf einem Stuhl am Tisch und wartete ab.

«Eine häßliche Fraktur haben Sie da», sagte ich. «An der Stelle brauchen die Knochen immer am längsten, bis sie wieder zusammenwachsen. Sowas dauert Monate. Aber mit ein bißchen Heilgymnastik können Sie Ihre beiden Hände in etwa einem halben Jahr wieder normal bewegen.

Jetzt …», ich klopfte ihm leicht mit dem Hammer auf den Kopf, und er blinzelte, «müssen Sie mir sagen, wo Charlotte Malrakis ist, ansonsten …, es ist ja nicht meine Art, jemanden zu foltern, also werde ich Sie nicht foltern, aber ich werde Ihnen beide Handgelenke kaputthauen. Ich finde, bei der Arbeit, die Sie machen, ist das doch gar kein so übler Einfall von mir, was meinen Sie? Es wird fast nicht weh tun, wenn ich Ihnen die Handgelenke kaputthaue, denn was ich mache, mache ich nämlich immer ganz ordentlich, haben Sie verstanden?»

«Ich hab verstanden.»

Er überlegte einen Augenblick. Wie er da so auf dem Rücken lag, mit dem Kopf am Boden, schien er sich einer ausgesprochenen Seelenruhe zu erfreuen. Wirklich ein Profi. Davon ließ ich mich aber nicht beeindrucken.

«Ich hab mich in Ihnen getäuscht, Tarpon», sagte er schließlich. «Wir könnten Ihre Sachkenntnisse gut gebrauchen. Selbstverständlich würden Sie viel Geld verdienen.»

Er blickte zu mir und seufzte dann kurz. Dann sagte er mir, wo sich Charlotte befand. Haymann mußte eine topografische Karte der Umgebung von Paris holen, damit Kasper uns genau den Weg zeigen konnte. Er beschrieb uns die örtlichen Gegebenheiten und sagte, wieviel Personen im Haus sein könnten. Haymann ging zur Tür.

«Wir nehmen meinen Aronde.» Er verließ den Raum, und ich hörte, wie er in die erste Etage hochstieg.

Ich nahm meine zerbrochene Kelton ab und warf sie in eine Ecke, dann band ich mir Kaspers Uhr um, eine goldene Rolex. Es war 14.35 Uhr.

«Wie haben Sie Charlotte Malrakis gekriegt?»

«Sie sind ein Einzelgänger, Tarpon. Außer Haymann und diesem Mädchen frequentieren Sie niemanden.»

Daß ich Charlotte Malrakis frequentierte, konnte man ja eigentlich nicht behaupten, aber ich ging nicht weiter darauf ein.

«Ich bin zuerst zu diesem Mädchen gegangen», sagte Kasper. «Dort war Ihre Jacke und Ihr Mantel. Madrier hat Sie ja nur knapp verfehlt.»

«Warum zu dem Mädchen? Warum nicht zuerst hierher?»

«Zufall. Vielleicht, weil es näher war. Ich hätte Sie übrigens geschnappt, wenn ich nicht so viel Zeit damit verloren hätte, meinen Arm zu versorgen und so.»

Haymann kam mit Eisendraht, einer Zange und einem Beretta-Repetier-Jagdgewehr Kaliber .12 zurück. Wir ließen Kasper aufstehen. Wir drehten ihm den linken Arm auf den Rücken, er mußte das rechte Knie fast bis zum Kinn ziehen, und in dieser Stellung banden wir ihn sorgfältig mit dem Draht fest.

«Sehr bequem, danke», meinte Kasper.

«Erzählen Sie mir was über Fanch Tanguy.»

«Nein. Da müßten Sie mich erst foltern, Tarpon.»

Verdammt noch mal, da lächelte der mir tatsächlich noch frech ins Gesicht!

«Wenn Ihre Heinis der Kleinen was getan haben», verkündete ich ihm, «werd ich Sie auf der Stelle umbringen!»

Er sah mich an und sagte nichts. Er lächelte noch ein bißchen.

Haymann hatte eine pelzgefütterte Jacke übergezogen. Er ging raus und fuhr seinen Aronde vor die Treppe. Auf einem Bein hüpfend und sich an der Wand haltend, schaffte es Kasper bis zur Haustür. Die drei Stufen hinunter stützten wir ihn. Haymann setzte sich ans Steuer. Wir plazierten Kasper neben ihn. Ich stieg hinten ein. Das Gewehr lag vor mir auf dem Boden. Haymann hatte den MR 73 und ich die beiden Pistolen.

Haymanns Aronde ist eine vergammelte Schrottkiste. An der Porte de Vanves nahmen wir den Periphérique, fuhren dann auf die Südautobahn und brauchten fast eine Stunde für die sechzig Kilometer bis zur Abfahrt Achères-la-Forêt. Kasper sagte keinen Ton. Hin und wieder wand er sich ein bißchen und zog die Luft zwischen den Zähnen ein. So zusammengebunden war die Tour bestimmt kein Zuckerschlecken für ihn.

Nachdem wir die Autobahn verlassen hatten, lotste ich Haymann anhand der Karte. Wir fuhren ziemlich schnell auf der engen Waldstraße an dem Haus vorbei. Es schien alles so zu sein, wie Kasper es beschrieben hatte: ein altes Forsthäuschen, etwa fünfzig Meter von der Straße entfernt, an einer Lichtung mit welkem Gras. Wir fuhren vielleicht sechs- oder siebenhundert Meter weiter, bogen ins Gehölz ein und hielten an. Kasper banden wir mit Eisendraht an die Lenksäule und knebelten ihn mit Mullpflaster.

Haymann holte einen Benzinkanister aus dem Kofferraum des Aronde und hängte sich sein Gewehr über die Schulter. Wir gingen quer durch den Wald zu dem Forsthäuschen zurück und stießen seitlich auf die Lichtung. Als wir am Waldrand angekommen waren, blieben wir kurz stehen. Ich blickte Haymann besorgt an.

«Lassen Sie sich wegen mir keine grauen Haare wachsen», sagte Haymann. «Wir machen alles wie besprochen.»

Er ging sofort auf das Haus zu. Er kam an der Eingangstür an und klopfte. Mit der Mütze, der pelzgefütterten Jacke, dem Gewehr und dem leeren Kanister sah er absolut harmlos und ein bißchen doof aus. Ich kniete mit einem Bein am Boden und zielte auf die Tür, die tschechische Pistole in beiden Händen und seitlich an einen Baum gelehnt, wie wir es in den Fortbildungslehrgängen der Gendarmerie Nationale gelernt hatten.

Es passierte überhaupt nichts.

Haymann klopfte nochmals. Verstohlen blickte er etwas unschlüssig zu mir herüber. Wir wußten – oder glaubten zu wissen –, daß zwei Kerle in dem Gebäude waren, der eine bewachte Charlotte in einer Art Werkstatt hinten in der

Bruchbude, der andere war im Hauptraum, in den die Eingangstür unmittelbar führte. Wir mußten den zweiten angreifen, damit er den ersten rief. Ein zwar einfacher, aber keineswegs schlechter Plan.

Da niemand antwortete, griff Haymann, der noch immer den Kanister in der einen Hand hielt, mit der anderen zur Klinke und öffnete die Tür einen Spalt – eine Riesendummheit, weil er nun keine Hand mehr frei hatte und mitten in meiner Schußlinie herumstand. Von meinem Versteck aus hörte ich ganz deutlich, wie er halblaut «Ist da jemand?» rief, und dann vernahm ich, und er natürlich auch, das hohe, beinahe melodische und immer heftiger werdende Stöhnen von Charlotte.

Ich knurrte, rannte auf das Haus zu und stieß Haymann zur Seite, der im selben Moment seinen Kanister abstellte und sein Gewehr von der Schulter nahm; ich stürzte in den Hauptraum, da Charlotte wieder schrie. Ihr Schrei kam von oben, ich sprang die Treppe mit ein paar Sätzen hoch, Haymann hastete hinter mir her, wir machten einen unwahrscheinlichen Lärm.

Doch die beiden Burschen im Schlafzimmer wurden erst mit einiger Verspätung auf uns aufmerksam, so beschäftigt, wie sie waren. Der jüngere, ein kleiner grünäugiger Dunkelhaariger in Jeans und rotem Rollkragenpullover hielt Charlotte, die mit Handschellen an eine Rohrleitung gekettet war, an einem Knöchel fest. Der andere Kerl war etwa vierzig; stämmig und fast kahl, mit großen gelben Augen in einem rötlichen Gesicht. Als ich ins Zimmer kam, war er nur im Hemd, man sah sein Glied, seine Unterhose und Hose waren ihm auf die Knie gerutscht, was seine Bewegungsmöglichkeit etwas einschränkte, als er einen Schritt zur Seite machte, auf einem Stuhl aus Rohrgeflecht nach einem New Police Python griff und diesen auf mich richtete.

Haymann schoß über meine Schulter hinweg. Meine

Haare wurden versengt, und ich war plötzlich taub. Der Mann im Hemd vollführte eine Art Pirouette und ließ den Revolver fallen. Er stieß dumpf mit der Stirn gegen die Wand, prallte ab und krachte auf den Rücken. Ein oder zwei Schrotkugeln hatten ihm die Wange zerrissen, doch der Großteil der Ladung hatte ihn oben an der linken Schulter getroffen und ihm das Schlüsselbein zerschmettert. Überall spritzte Blut.

Der kleine Dunkelhaarige stieß einen gellenden Schrei aus und sprang aus dem Stand durchs Fenster.

Ich drehte mich mindestens dreimal um mich selbst, weil so vieles gleichzeitig passierte und ich teilweise meinen Gleichgewichts- und Orientierungssinn verloren hatte. Ich glaube, ich wollte Haymann danken, weil er mir wahrscheinlich das Leben gerettet hatte, doch in diesem Moment trat er einen Schritt vor, wurde ganz grau im Gesicht, als er den Mann im Hemd sah und verlor das Bewußtsein.

«Oh, Mist, Mist, Mist, oh, verdammter Mist», meinte Charlotte nur immer wieder, während sie auf dem Bretterboden kniete und den Hals verrenkte, um in das Zimmer hinter sich zu sehen.

Ihre Stimme schien von sehr weit her zu kommen. Ich ging zum Fenster. Unten im welken Gras lagen Glasscherben und der zertrümmerte Fensterflügel. Ein Motorgeräusch, und dann bog ein CX 2000, der aus irgendeinem Schuppen gekommen sein mußte, um die Hausecke, mit dem kleinen Dunkelhaarigen am Steuer. Er schien ebenfalls zu bluten. Und sein Getriebe fürchterlich zu malträtieren, als er mit dem Auto bis zur Waldstraße holperte, bei der Auffahrt ins Schleudern kam und schließlich verschwand. Ich hätte dem kleinen Dunkelhaarigen bloß eine Kugel in den Rücken schießen können, sonst nichts; also tat ich nichts.

Ich drehte mich um. Ich knöpfte Haymann den Hemdkragen auf und tätschelte ihm die Wangen. Er schlug die Augen auf und sah mich feindselig an.

«Versuchen Sie nicht zu sprechen. Atmen Sie tief durch. Wenn Sie können, setzen Sie sich auf und nehmen den Kopf zwischen die Knie, dann wird das Gehirn wieder durchblutet.»

Mein Gehör war wieder da. Der Mann im Hemd begann zu brüllen. In seine Schmerzensschreie mischten sich verschiedene pikante Beschimpfungen und gemeine inständige Bitten. Dann wurde er ohnmächtig. Ein Glück für ihn, daß Haymanns Patronen offensichtlich mit ganz kleinem Schrot gefüllt waren. Trotzdem war es beunruhigend, wie stark er blutete.

«Wo ist der Schlüssel für die Handschellen?» fragte ich Charlotte, ich mußte sie an der Schulter packen, sie schütteln und meine Frage wiederholen, ehe sie antwortete.

Ich holte den Schlüssel aus der Hose des Verletzten und befreite Charlotte. Haymann richtete sich auf und stellte sich hin; er schwankte und versuchte krampfhaft, sich an der Wand festzuhalten.

«Den Kopf zwischen die Knie!» rief ich ihm zu.

Er gehorchte. Charlotte erhob sich und massierte sich die Handgelenke.

«Sie ... Wo sind Ihre Sachen?» fragte ich.

«Unten.»

«Gehen Sie sich anziehen. Beeilen Sie sich. Ist sonst niemand im Haus, hm? War außer den beiden keiner weiter hier?»

Sie schüttelte den Kopf. Sie wirkte geistesabwesend. Ich klopfte ihr auf die Schulter.

«Gehen Sie.»

Sie ging zur Tür.

«Sagen Sie», meinte ich, und ich glaube, ich feixte irgendwie vor Nervosität. «Sagen Sie, sind wir rechtzeitig gekommen, hm?»

Über ihre Schulter hinweg sah sie mich ernst an.

«Um eine Vergewaltigung zu verhindern, meinen Sie? Nein, Tarpon, da sind Sie nicht rechtzeitig gekommen.»

8

Im wesentlichen bestand das Haus aus einem Gemeinschaftsraum im Erdgeschoß, mit einer zementverputzten Werkstatt nebenan und drei Zimmern oben. Rustikales Mobiliar. Auf dem Buffet im Hauptraum stand ein ausgestopfter Fuchs. Gehörne von Rehböcken hingen in den Zimmern und so ziemlich überall Bilder mit Hunden, Pferden, Hirschen, Federwild. Es wäre übertrieben, wenn ich sagen würde, daß wir das Haus durchkämmt hätten. Wir sahen es uns lediglich flüchtig an. Der Mann im Hemd lag noch im Zimmer und blutete langsam aber sicher aus. Unten war ein Telefon, damit rief ich die Gendarmerie von Fontainebleau an. Ich sagte, sie sollten schnell kommen und einen Notarztwagen mitbringen.

Haymann und Charlotte hatten das Haus bereits verlassen, als ich zum Hörer griff. Nach meinem Anruf schritt ich noch kurz die Zimmer ab. Dann hielt der alte Aronde vor der Hütte. Ich lief schleunigst zum Auto und stieg hinten ein. Haymann saß am Steuer, Charlotte neben ihm.

«Wo ist Kasper?»

Haymann startete.

«Abgehauen. Das hat alles zu lange gedauert. Er hat es irgendwie geschafft, den Draht durchzubiegen. Der ist bestimmt noch hier in der Gegend, mit einem gebrochenen Arm und zwei fast abgestorbenen Gliedmaßen ist er nicht in der Lage wegzurennen, glauben Sie mir. Nur können wir leider nicht die Gegend absuchen, wenn Sie die Polizei angerufen haben.»

«Hab ich.»

Der Wagen durchquerte Achères-la-Forêt, kam wieder auf die Nationalstraße und nahm Kurs auf die Autobahn.

«Ach, Scheiße, haben Sie denn ein Seil bei sich zu Hause, Tarpon?»

«Nein», sagte ich.

«Ich nämlich auch nicht. Ich hatte halt nur Draht. Sie müssen mich jetzt nicht dafür verantwortlich machen.»

«Ich sag ja gar nichts.»

Der Aronde bog auf die Autobahn. Wir fuhren in Richtung Paris. Haymann fragte, wo es nun hingehen sollte.

«Die Sache ist nämlich so: wir können zu mir oder wir können zu Ihnen», er blickte zu Charlotte, «und wenn die Flics noch nicht da sind, können wir ja auf sie warten. Das wäre vielleicht das beste, aber ich frag ja nur.»

«Ich weiß, wo wir hinfahren», sagte Charlotte. «In die Wohnung von einem Kumpel. Ich weiß, wo der Schlüssel liegt, und mein Freund ist momentan in Ceylon.»

«Genau!» rief Haymann. «Großartig! Wir werden uns dort verkriechen, und mit ein bißchen Glück können wir alle drei unser Foto in der Zeitung bewundern, aber was macht das schon, das Leben hat Höhen und Tiefen, solange man darüber lacht, ist es schön, achten Sie nicht weiter auf mich, wenn ich ein bißchen nervös bin.»

«Er wird nicht sterben», murmelte ich. «Die dürften ihm wahrscheinlich gerade eine Infusion legen. Er wird durchkommen.»

«Mein Onkel war in Drancy», sagte Haymann ziemlich ruhig. «Seine Mutter starb, während er in Drancy war. Er hat gefragt, Herrgott, das ist wirklich klasse, er hat tatsächlich *gefragt*, ob man ihn zur Beerdigung rauslassen könnte. Er hat sein Ehrenwort gegeben, sofort danach zurückzukommen. Warten Sie, der eigentliche Lacher kommt erst noch. Halten Sie sich fest, die Kerle haben ihn doch tatsächlich gehenlassen. Und jetzt halten Sie sich noch fester, nach drei Tagen in Freiheit ist er dann zurückgegekommen, er ist wiedergekommen, er ist nach Drancy zurückgegangen. Die Kerle hat es glatt umgehauen, als sie ihn gesehen haben, wissen Sie. Und dann wurde er nach Deutschland verfrachtet. Und ins Krematorium gesteckt, der Idiot. Da sind mir die Juden der nächsten Generation doch lieber, wissen Sie. Die mit automatischen Waffen, Kampfflugzeugen und Stacheldrahtverhau.» Er lachte leise. «Scheiße, Tarpon, ich bin nur zehn Jahre jünger als mein Onkel, aber ich bin nicht so ein Schaf, wissen Sie, ich hab zur Waffe gegriffen, und sicherlich hab ich Deutsche getötet. Ich kann mit einem Gewehr umgehen. Ich war sogar Marxist. Ich hab *Die Rolle der Gewalt in der Geschichte* gelesen und hab mir das gemerkt und finde es noch immer richtig. Scheiße.»

«Wollen Sie anhalten», fragte Charlotte, «soll ich fahren?»

«Nein danke. Es geht schon. Wird schon gehen.»

Wir schwiegen dann alle eine Weile. Am Rand von Paris nahmen wir nach Charlottes Anweisungen den östlichen Zweig der Autobahn und dann den Périphérique bis zur Porte de Vincennes. Charlotte lotste uns bis zu einer Straße an der Place de la Nation. Wir fanden einen Parkplatz und stellten den Wagen ab. Es war fast 18 Uhr, es herrschte dichter Verkehr, es regnete, und ein kalter Wind wehte.

Charlotte holte den Schlüssel in der Bäckerei an der Ecke, wo ihr Kumpel ihn immer hinterlegte, wenn er nicht da war. Sie ging noch kurz beim Zeitschriftenhändler vorbei und kam mit *Le Monde* und der neuesten Ausgabe von *France-Soir* zurück. Für die zwei Etagen nahmen wir nicht den Fahrstuhl. Charlotte hüstelte dauernd, vor allem, weil sie seit dem Nachmittag ständig Haymanns Maisblatt-Gitanes geraucht hatte.

Ihr Kumpel (er hieß Jules) hatte eine sehr elegante Dreizimmerwohnung, in der ein totales Chaos herrschte. Niedrige Tische, Ledersitze, Plastik, Chromröhren, abstrakte Bilder, eine Unmenge exotischer Nippes.

«Er ist Regisseur», erklärte Charlotte. «Kurzfilme, Fernsehstreifen und hauptsächlich Werbung. Ihn interessieren vor allem Reisen. Er führt genau Buch über alle Länder der Erde, in denen er schon gewesen oder noch nicht gewesen ist. Nach dem letzten Stand bleiben ihm noch neunzehn, aber er ist stinksauer, weil andauernd neue Nationen unabhängig werden. Er dürfte erst Ende nächster Woche zurückkommen. Solange sind wir erst mal aus dem Schneider.»

Sie hatte eine angebrochene Stange Gitanes Blanches entdeckt und ein Päckchen aufgemacht. Haymann stellte ein Kofferradio an und drehte es leise. Nach längerem Suchen fand ich schließlich im *France-Soir* fünf Zeilen über den mysteriösen 2 CV, der nachts in der Nähe von Meulan zu Schrott gefahren worden war, und in dem ein Toter gelegen hatte. Daß der Wagen mir gehörte, stand nicht da. Der Artikel «Wildwest im Hallenviertel» wurde nicht mehr auf der Titelseite angekündigt und war um die Hälfte gekürzt worden. *Le Monde* vermeldete auf acht Zeilen, daß Kommissar Madrier tot war und daß man mich suchte, um mich zu vernehmen.

«Wahrscheinlich werden wir alle drei gesucht», sagte ich. «Es gibt da eine Räuberbande, die will uns einfach ans Leder. Und sicherlich gibt es Leute bei der Polizei, die das auch wollen. Trotzdem bleibt die ganze Geschichte für mich genauso rätselhaft wie der Fluch der Pharaonen. Abgesehen davon ist es aber so, wie Sie gesagt haben, meine Kleine: Wir sind erst mal aus dem Schneider, ja.»

Ich machte etwas Ordnung auf dem Couchtisch mit der Glasplatte, in diesem merkwürdigen Salon, in dem wir uns befanden, und legte einige interessante Gegenstände vor mich hin. Die .45er und den dazugehörigen Schalldämpfer; die tschechische Pistole (Kaliber 7,65 mm); den MR 73; den Python des Mannes im Hemd; das Beretta-Gewehr; die Munition, die der Mann im Hemd in den Taschen gehabt hatte (.357 Magnum, die paßte sehr gut zu dem MR 73 – wenn man laufend Knarren einsammelt, findet man schließlich auch mal zwei Dinge, die zusammenpassen); und die Brieftasche des Mannes im Hemd.

«Ich geh mich waschen», erklärte Charlotte.

«Gibt es hier irgendwo was zu trinken, und darf man sich da was nehmen?» fragte Haymann.

«In der Küche. Der Wandschrank an der Seite.»

«Danke.»

Haymann ging aus dem Zimmer. Ich sah Charlotte an.

«Es tut mir leid», sagte ich.

«Ich geh mich waschen», wiederholte sie.

Sie verließ ebenfalls das Zimmer. Kurz darauf hörte ich im Bad laut Wasser laufen; sie ließ sich eine Wanne ein. Ich lud den MR 73. Dann schüttete ich den Inhalt der Brieftasche auf den Couchtisch. Ein Ausweis auf den Namen Lionel Constantini, vierundvierzig Jahre. Ein Führerschein auf den Namen Lionel Constantini. Einer auf den Namen Antoine Chotard. Einer auf den Namen Louis Lopez. Zulassung auf den Namen Antoine Chotard für einen Peugeot 504. Mitgliedsausweis einer gewissen Versicherungsgesellschaft für gegenseitige Hilfe und Vorsorge La Certitude. Versicherungsschein für den 504. Siebzehn Bonuspunkte von Mobil. Ein diätetisches Traktat einer gewissen Illuminaten-Gemeinschaft Reformierter Skopzen, Bibeldruckpapier, doppelt gefaltet, auf der Vorderseite ein eigenartiges Gemisch aus dummen Mystik- und Reklamesprüchen, auf der Rückseite eine Reihe mit Bleistift notierter Ziffern, anscheinend eine Telefonnummer. Carte Bleue auf den Namen Louis Lopez. Eine Mitgliedskarte für den Französischen Buchklub auf den Namen Lionel Constantini. Ein Förderausweis für die Stiftung Stanislas Baudrillart. Zwei Metrofahrscheine zweiter Klasse. Drei Briefmarken zu 80 Centimes. Die Rechnung einer Autowerkstatt für Ölwechsel und Inspektion des 504. Die Visitenkarte einer gewissen Renée Mouzon, verknickt und beschmutzt, also schon lange in der Brieftasche, die Telefonnummer war mit rotem Filzstift unter den geprägten Namen geschrieben worden. Das war's.

Haymann kam mit drei leeren Gläsern und einer Flasche Wodka «Bison Brand» mit Büffelgras zurück. Er seufzte und setzte sich auf das gelbrote Ledersofa, verteilte die Gläser auf dem Tisch und goß sich in etwa zwei Deziliter Wodka ein. Gestikulierend bot er mir das gleiche an. Ähnlich gestikulierend (Kopfnicken einerseits, Vorzeigen von zusammengehaltenem Daumen und Zeigefinger andererseits) gab ich zu verstehen, daß ich gern etwas wollte, aber weniger. Haymann goß ein.

«Wann war das doch gleich mit Ihrem Kerl?»

«Welcher Kerl?»

«Hauptmann Melis-Sanz.»

Für einen Augenblick sah er völlig verwirrt aus. Dann:

«Ach! Ja. Irgendwann abends. Ich denke, so ab 7 Uhr.»

Im Bad hörte man kein Wasser mehr laufen, dann gab es einen dumpfen Schlag, weil Charlotte wahrscheinlich den Duschkopf fallengelassen hatte. Haymann schielte in die Richtung, ohne den Kopf zu drehen.

«Sie wird sich doch nicht umbringen, oder?» fragte er.

«Sie sind ein Blödmann», sagte ich.

«Entschuldigung.»

Er trank sein Glas aus und goß sich noch mal ungefähr zwei Deziliter ein.

«Entschuldigung», meinte er wieder.

«Rührselig brauchen Sie deswegen aber auch nicht zu werden. Eine Riesenschweinerei, über die man nicht einfach hinweggehen kann, aber keine Schande.»

«Okay», sagte Haymann. «Okay, Tarpon. Einverstanden. Ereifern Sie sich doch nicht gleich so.»

«Ich ereifere mich doch überhaupt nicht!» brüllte ich und biß so kräftig auf mein Wodkaglas, daß es kaputtging. Ich spuckte die Scherben auf den Teppichboden und stellte das Glas hastig auf den Couchtisch; ich verschüttete fast überall Wodka. «Scheiße», sagte ich.

Haymann nahm das zerbrochene Glas, warf es in den Müllschlucker und kam mit einem neuen zurück. Er goß mir ein.

«Mit der Knete wird's eng», sagte er. «Ich hab nicht mal 50 Franc dabei. Und Sie?»

«Ich hab die 2 500 von Kasper und die 600 und ein paar Zerquetschte von dem Typen, den Sie verletzt haben. Das dürfte für ein Weilchen reichen. Gehen wir?»

«Wir gehen.»

Haymann trank sein Glas aus. Ich klopfte an die Badtür.

«Ja?»

«Wir haben was zu erledigen», rief ich durch die Tür. «Wir sind hoffentlich in ein, zwei Stunden zurück. Ruhen Sie sich bis dahin ein bißchen aus, ja?»

«Ja.»

«Bis dann.»

«Bis dann.»

Wir nahmen den Aronde. Es war fast finster. Und immer noch so verregnet, windig und sehr kalt.

Überall gab es Staus, und wir brauchten fast zwanzig Minuten, bis wir in das Viertel an der Place de la Bastille gefahren waren und einen Parkplatz gefunden hatten. In der dritten Etage eines heruntergekommenen Mietshauses öffnete uns Hauptmann Melis-Sanz die Tür.

Hauptmann Melis-Sanz war etwa sechzig Jahre alt und

1,65 Meter groß. Kurze Beine, mächtiger Brustkorb und ein breites Gesicht unter einer dichten blonden Mähne in längerem Bürstenschnitt. Er trug französische Billigjeans, ein an den Manschetten ausgefranstes und am Kragen aufgerauhtes kariertes Baumwollhemd und eine an den Ellenbogen gestopfte Strickjacke. Haymann und er redeten einige Worte spanisch miteinander. Der Hauptmann führte uns in ein kleines Zimmer, möbliert noch unter Kantinen-Niveau. Wir setzten uns auf Resopalstühle.

Melis-Sanz blickte mich an und sagte wie mit dem Messer abgehackt «Ich werde den Mann holen», was dann etwa ‹Ch werr de de Mann ol-lenn› ergab.

«Mutschasss graziasss», stammelte ich, und in Ermangelung weiterer Worte tätschelte ich mir mit der Hand auf der linken Seite des Oberkörpers herum. Ich weiß nicht, ob es seine Augen oder so waren, jedenfalls verbreitete Hauptmann Melis-Sanz in einem Umkreis von vielleicht dreißig Metern eine Atmosphäre von Ergriffenheit, Zorn, Verzweiflung und vielleicht noch zwei oder drei anderen Dingen, die einen ganz durcheinanderbrachten.

Er ging durch eine Zwischentür aus dem Raum. Ich blickte hinüber zu Haymann, der mürrisch seine Fingernägel betrachtete. Melis-Sanz kam mit einem Kerl zurück, noch kleiner als er, vollkommen kahl, runde Backen, schelmische Augen, blaugrauer leichter Sakkoanzug und cremefarbenes Nylonhemd mit offenem Kragen. Haymann stand auf und redete wieder spanisch. Er und der Kahle klopften sich auf Arme und Schultern, umarmten und küßten sich und lachten mit traurigem Gesicht. Irgendwann drückte mir der Kahle die Hand, aber niemand stellte uns vor.

Wir setzten uns, und Melis-Sanz schenkte allen Anisette ein. Wir erhoben unsere Gläser und tranken würdevoll. Nach einer Weile beugte sich Melis-Sanz vor, tätschelte mir das Knie und zeigte auf den Kahlen.

«Er hat Tanguy getötet.» (Er sprach es Tanne-gui aus, mit einem langen i.)

Ich holte aus meiner Tasche das Foto, das mir Marthe Pigot geschickt hatte. Der Kahle nickte lächelnd. Ich reichte ihm das Foto. Er betrachtete es genau und gab es mir lächelnd, nickend und schulterzuckend zurück.

«Ist er das, oder ist er das nicht?» fragte ich.

«Was glauben Sie denn?» meinte der Kahle in astreinem Vorstadtfranzösisch. «An das Gesicht von dem Typen erinnere ich mich doch nicht. Das ist jetzt dreißig Jahre her.»

«Erzählen Sie mir alles ganz genau», sagte ich. «Bitte», fügte ich hinzu.

«Es war reiner Zufall. Wir haben das Auto angehalten. Zufällig. Zwei Männer, und hinten Gepäck. Einer hat auf uns geschossen. Wir haben das Feuer erwidert. Der Mann wurde getötet. Den anderen haben wir gefangengenommen. Und die Papiere der beiden eingesteckt. Der Tote, das war Fanch Tanguy. Was wollen Sie denn noch hören? Es war Geld im Wagen, eine Menge Dollar und Pfund Sterling. Und Goldmünzen und Edelsteine auch, allerhand Schmuck. Ich erinnere mich, daß fast fünfzig goldene Eheringe dabeiwaren. Aber vielleicht hatten die auch bloß einen Laden für gebrauchten Schmuck geplündert. Wir haben nur einen kleinen Teil davon wegschaffen können, denn wir mußten uns absetzen und wieder rauf in die Berge.»

«Und womit wurde die Identität des Toten festgestellt? Anhand seiner Papiere?»

«Eigentlich hatte er mehrere Ausweise dabei. Aber er hatte von der deutschen Polizei ausgestellte Dokumente auf den Namen Fanch Tanguy. Und einige Jungs aus unsrer Gruppe, Franzosen, haben gemeint, daß sie ihn wiedererkennen würden. Die kannten Fotos von ihm.»

«Wer war der andere?»

«Weiß ich nicht.»

Ich runzelte die Stirn.

«Das haben wir ja nicht mal damals genau gewußt», erklärte der Kahle. «Denn der andere Kerl hatte auch mehrere falsche Papiere, auf Namen, die niemand kannte. Und leider ist der uns einige Stunden später in den Bergen entwischt. Wir hatten keine Zeit, ihn zu verhören, weil wir seit der Feindberührung ständig auf der Flucht waren, und dann gab es noch ein Mißverständnis wegen der Wachablösung, und da ist er abgehauen. Es war Nacht, und das im Gebirge ...» Der Kahle grinste und hielt beide Handflächen hoch.

«Und Sie hatten kein Kriegstagebuch, irgendwas, wo man die verschiedenen Namen der beiden Kerle notiert haben könnte?»

«Doch, sicher. Aber ich weiß nicht genau, wo das jetzt ist.»

«In Toulouse», sagte Melis-Sanz.

«Nicht unbedingt», sagte der Kahle.

«Doch!» beteuerte Melis-Sanz und nickte heftig.

Toulouse oder Spitzbergen, im Moment war mir das jedenfalls piepegal. Der Kahle gab mir trotzdem eine Adresse in Toulouse. Melis-Sanz goß uns Anisette nach; wir tranken wieder.

«Sagen Sie», meinte ich, als wir aufstanden, um zu gehen, «wäre es nicht möglich, daß der Kerl, der Ihnen an jenem Tag entkommen ist, Fanch Tanguy gewesen ist? Wenn er nun die Identität des anderen angenommen hätte, Sie verstehen, was ich meine.»

«Nein», sagte der Kahle, dann zögerte er, überlegte noch mal ganz genau und schüttelte schließlich den Kopf: «Nein», wiederholte er. «Ausgeschlossen. Ach, da fällt mir ein, wenn Ihnen das hilft, der andere Kerl muß Arzt sein. Er hatte einen Arztkoffer und Medikamente dabei, verstehen Sie.»

Ich nickte vage. Haymann und der Kahle klopften sich wieder auf die Schulter und küßten sich die Wangen, verschiedene Hände wurden gedrückt, darunter auch meine, Melis-Sanz brachte uns auf den Treppenflur, und dann gingen wir.

«Wissen Sie», sagte Haymann, als wir zum Wagen liefen, «diese Kerle haben seit 1933 oder '34 praktisch ununterbrochen auf die eine oder andere Art weitergekämpft. Doch jetzt sind wir alt geworden.»

Ich antwortete nichts darauf. Draußen war es dunkel und naßkalt.

9

Als wir wieder in die Wohnung von Kumpel Jules kamen, hatte Charlotte das Wohnzimmer aufgeräumt, den Glastisch für drei Personen gedeckt, und aus der Küche strömte ein verlockender Duft. Der Farbfernseher lief, sie brachten gerade den letzten Beitrag der Nachrichten von Antenne 2. Es ging um ein Flugzeugunglück in Deutschland, bei dem ein französischer Boxer den Tod gefunden hatte. Die Sache schien sehr lange Kommentare und mehrere Interviews wert zu sein. Charlotte kam aus der Küche, in einem dreimal zu großen Bademantel, die Haare unter einer Art Frotteeturban und mit vom Dampf ganz rosigen Wangen.

«Ich hab uns unten was zum Futtern besorgt. Jetzt bin ich pleite. Ein Perlhuhn mit Kartoffeln, ist das recht?»

Lebhafte Zustimmung unsererseits. Ich nahm den Telefonhörer ab und rief die Auskunft an. Den Namen und die Nummer der Teilnehmerin hatte ich und wollte die Adresse. Man gab sie mir. Die Teilnehmerin Renée Mouzon wohnte in Neuilly. Danke, Mademoiselle.

Wir setzten uns zu Tisch. Das Perlhuhn schmeckte gut. Charlotte meinte, man müsse es unbedingt mit Rahmfrischkäse füllen. Ich fand den Einfall nicht so toll, aber der Vogel war zugegebenermaßen zart wie Butter.

«Die haben eben im Radio von Ihnen gesprochen, Tarpon», erklärte Charlotte. «Die haben was von dem 2 CV und dem toten Kerl drin erzählt und von Einschüssen, also mehrere, die haben ausdrücklich ‹Einschüsse› gesagt. Eine ganz undurchsichtige Sache, meinten die.»

«Sonst nichts weiter?»

Sie schüttelte den Kopf.

Nach den Nachrichten und der Werbung kündigte die Ansagerin einen Film von Serge Cukor an. «George heißt der, du blöde Ziege», verbesserte Charlotte friedfertig. Ich wischte mir den Mund ab und stand auf.

«Unten war doch etwa zweihundert Meter von hier eine Telefonzelle?» fragte ich. «Entschuldigen Sie mich bitte einen Augenblick.»

«Sie werden doch nicht abhauen, wenn ein Cukor läuft!» rief Charlotte, und ihr stand das Entsetzen förmlich ins Gesicht geschrieben.

«Ich rufe lieber von einer Zelle aus an», meinte ich, ging runter, lief die zweihundert Meter bis zu der Telefonzelle, die ich ausfindig gemacht hatte, und wählte die Nummer.

«Ja, hallo?» Das war Coccioli, er hatte gerade den Mund voll. Ich drückte auf den Knopf, und die Verbindung wurde durchgestellt.

«Eugène Tarpon am Apparat.»

Ich hörte ganz deutlich, wie er schluckte, und dann schwieg er noch drei oder vier Sekunden.

«Wird aber auch Zeit», äußerte er endlich. «Wo sind Sie?»

«Tss, tss, tss.»

«Was schlagen Sie vor?»

«Wo stecken Sie? Was ist das für ’ne Nummer?»

«Ich stecke in der Scheiße», gluckste er nervös. «Nein, Spaß beiseite, meine Privatnummer, ich bin zu Hause. Square Saint-Lambert, 15. Arrondissement. Soll ich Ihnen die Adresse geben?»

Ich schüttelte blöd den Kopf, allein in der Nacht in meiner erleuchteten Telefonzelle, an die der Regen peitschte.

«Nein. Haben Sie ein Auto? Was für eins?»

«GS. Tabakbraun.»

«Geben Sie mir das Kennzeichen.»

Er nannte es mir.

«Gut», sagte ich. «In den steigen Sie jetzt sofort ein. Sie nehmen den äußeren Périphérique Richtung Porte de Versailles. Sie fahren mit 50 Stundenkilometern auf der rechten Spur. Und dann machen Sie eine Runde um Paris und warten, bis ich Ihnen ein Zeichen gebe.»

«Aber wie ... Hören Sie, Tarpon, so geht das aber nicht.»

«Das geht sehr gut so», erwiderte ich und hängte ein.

Gegen 21.15 Uhr zuckelten nicht weniger als sechsunddreißig tabakbraune GS mit 50 Stundenkilometern auf der rechten Spur des Périphérique lang; normalerweise ist da kein einziger zu sehen. Als der von Coccioli auftauchte, sich der Brücke der Porte de Vincennes näherte und dann drunter durchfuhr, hatte ich bereits im Regen auf der Brükke meinen Posten bezogen.

Ich ging zu dem etwa einhundert Meter entfernt abgestellten Aronde, der Motor war noch warm. Ich stieg ein, startete und fuhr Coccioli auf dem Périphérique hinterher. Haymanns Aronde ist eine jämmerliche Dreckskarre, aber wenn man sich ranhält, kann man fast Hundert mit ihr machen. Ich überholte sogar einen Citroën SM, allerdings einen sehr langsamen.

Ich holte Coccioli an der Porte de Villette ein. Ich blieb zunächst hinter ihm, um die Autonummer zu überprüfen, dann gab ich ihm zweimal ein Zeichen mit der Lichthupe. Er schaltete in seinem Wagen die Innenbeleuchtung ein und drehte sich kurz zu mir um. Ich zog an ihm vorbei und setzte mich mit gedrosselter Geschwindigkeit vor ihn. Die Ausfahrt der Porte de la Villette war nicht mehr weit; ich blinkte und bog ab. Coccioli folgte mir.

Wir parkten in der Straße mit den vielen Restaurants, in denen es gute Fleischgerichte gibt. Ich ging auf Cocciolis Wagen zu. Er stieg aus, im Mantel, mit tiefen Augenringen.

«Es bringt ja nichts, wenn wir uns hier einen abfrieren», bemerkte ich.

Wir gingen in eine nach verbranntem Fett riechende Kneipe. Wir setzten uns hinten hin, Coccioli trank einen Café, ich einen Grog.

«Also», sagte ich, «Sie spielen ein doppeltes Spiel.»

«Ich?» meinte Coccioli. «Wieso denn? Überhaupt nicht!»

«Von wegen. Während Sie mich bei Haymann gesucht haben, hat mich jemand anderes bei Charlotte Malrakis gesucht. Arbeitsteilung sozusagen.»

«Sie spinnen.»

«Andererseits», fuhr ich fort, «haben Sie mich mehr oder weniger vor Madrier gewarnt. Ich neige sogar zu der Ansicht, daß Sie mir das Leben gerettet haben, unbeabsichtigt, aber immerhin. Das paßt alles nicht so richtig zusammen. Außer, wenn man annimmt, daß Sie es sich mit keiner Seite verderben wollen. Oder ich bin zu mißtrauisch. Sie mochten Madrier nicht, und vielleicht mögen Sie die Leute nicht, die mit ihm zu tun haben. Aber diese Leute sind mächtig. Vielleicht würden Sie die gern hochgehen lassen. Doch Sie sind nicht sicher, ob das möglich ist. Sie gehen mir ein bißchen zur Hand, damit ich die hochgehen lasse. Doch wenn ich auf die Schnauze fliege, helfen Sie denen, mich zu erledigen. Vor allem möchten Sie jeweils auf der Gewinnerseite stehen. Noch Kommentare?»

«Augenblick mal, das lasse ich mir nicht bieten», sagte Coccioli. «Augenblick mal!»

Er blickte auf den Tisch. Ich trank die Hälfte meines Grogs und verbrannte mir die Speiseröhre.

«Übrigens ..., ach, Scheiße», meinte Coccioli. «Glauben Sie, was Sie wollen, ist mir doch egal.»

Ich musterte ihn. Er wurde einfach nicht wütend. Dafür konnte es verschiedene Erklärungen geben, und alle waren nicht gerade spaßig.

«Was wissen Sie über Fanch Tanguy?» hakte ich nach.

«Bevor Sie mir das Foto gezeigt haben, hatte ich den Namen noch nie gehört.»

«Sie müßten sich mal über die Geschichte der Kollaboration sachkundig machen. In Ihren Kreisen wäre das doch sicherlich von Vorteil.»

«Es ist leicht, die Polizei mit Schmutz zu bewerfen.»

«Leider», sagte ich.

Coccioli zog an einer Strähne seines schwarzen Haars. Er legte sie sich vor ein Auge. Dabei mußte er schielen.

«Was ist in Marseille passiert?» fragte ich. «Worauf ist der Fahndungsdienst für Finanzdelikte gestoßen, daß man ihn durch Beförderungen zerschlagen hat?»

«Das ergibt keinen Sinn», meinte Coccioli versonnen.

«Was ergibt keinen Sinn?»

«Hören Sie, ich weiß nicht, worauf die gestoßen sein können, worauf Madrier gestoßen sein kann. Er ist nämlich auf was gestoßen, und vielleicht wissen noch ein oder zwei andere Flics, worauf. Ich weiß es nicht und verstehe es nicht.» Als ich ihn böse ansah, schüttelte er heftig den Kopf und richtete seinen Oberkörper auf; die Haare klatschten ihm in die Stirn. «Hören Sie», meinte er wieder, «ich weiß, woran Madrier gearbeitet hat, doch das ergibt keinen Sinn: wäre er nämlich zu einem Ergebnis gekommen, dann wäre das nicht vertuscht worden.»

«Über was, verdammt noch mal», meinte ich geduldig, wobei ich extrem deutlich und ruhig sprach, «hat Madrier Nachforschungen angestellt?»

«Die Oppositionsknete», sagte Coccioli.

«Wie bitte?»

«Zaster, die Geldquellen von verschiedenen Typen, verschiedenen Gruppen, verschiedenen Firmen, die die Oppositionsparteien unterstützen. Deshalb ergibt das keinen Sinn. Wenn Madrier gefunden hätte, was er gesucht hat, dann können Sie doch annehmen, daß die Regierung das Material benutzt hätte.»

«Wer sagt Ihnen denn, daß sie es nicht benutzt hat?»

«Wie bitte?»

Ich blickte mich im Bistro um. Hinter einer Trennwand aus gestrichenem Holz mit Milchglasscheiben lachten dicke Männer an der Theke. Es roch nach ranzigem Öl.

«Ah, ja, klar», sagte Coccioli plötzlich.

Ich nahm mir eine Gauloise aus dem Päckchen, das er auf den Tisch gelegt hatte, und zündete sie mit seinem Feuerzeug an.

«Wissen Sie, wer dieser Kasper ist?» fragte ich.

«Okay. Klar. Ich weiß, wer das ist.»

«Und wissen Sie, wo er ist?»

«Nein.»

«Könnten Sie es in Erfahrung bringen?»

«Nein.»

Ich drückte die gerade angefangene Gauloise aus.

«Sie haben keine engeren Beziehungen zu denen», sagte ich.

«Man könnte sogar sagen, daß ich überhaupt keine Beziehungen habe.»

«Man könnte, aber das wäre nicht richtig.»

«Hören Sie, Tarpon», sagte Coccioli. «Fallen Sie mir nicht ständig auf den Wecker. Sie wissen nicht, wie das läuft. Das Ganze spielt sich unter Polizisten, unter Kameraden ab, da kommt es schon mal vor ... Hören Sie, die Polizei macht ihre Arbeit; und dann bilden sich da so kleine Cliquen, weil das nicht immer eine ganz saubere Arbeit ist, und die kleinen Cliquen werden von Leuten gebildet, die dieselbe Leiche im selben Keller haben, verstehen Sie das, verdammt noch mal? Und die Außenstehenden sind halt andeutungsweise im Bild, weiter geht das nicht, eigentlich will man nicht mal ganz genau wissen, wo die Clique anfängt und wo sie aufhört.»

«So daß Sie selbst nicht wissen, ob Sie persönlich nun drinnen oder draußen sind, Coccioli. Das ist ausgesprochen praktisch.»

Coccioli führte seine Tasse zum Mund, und ich hörte, wie seine Zähne an das Porzellan stießen. Etwas Kaffee lief ihm aufs Kinn. Er stellte seine Tasse brüsk ab.

«Ich weiß, wo ich stehe, Tarpon», sagte er. «Es würde aber nichts nützen, wenn ich Ihnen das erkläre.»

«Und ich», sagte ich gelassen, «kann derzeit nicht einen einzigen Flic um Hilfe bitten. Vielleicht sind ja nur fünf oder sechs Flics in Frankreich so tief in die Geschichte verstrickt, daß sie mich gleich abknallen, wenn ich ihnen über den Weg laufe. Aber das reicht ja schon. Ich kann nicht zur Polizei gehen. Ich bin sicher, daß auf so einen wie Kommissar Chauffard, sagen wir mal, Verlaß ist, weil man ihm die Ermittlung weggenommen hat. Trotzdem, wenn ich zu dem gehe, wird er mich erst mal einlochen, er kann gar nicht anders. Und wenn ich im Knast bin, kann mir irgendwas zustoßen. Ich hänge mich dann in meiner Zelle auf oder so. Und selbst, wenn ich mich an die Generalinspektion der Polizei wenden würde …»

«Es ist nicht unbedingt wünschenswert, die Generalinspektion in diese Scheiße reinzuziehen», unterbrach mich Coccioli heftig, und ich sah, wie sich seine Mundwinkel verkniffen.

«Mal angenommen, ich tue das, dann finde ich mich ebenfalls im Knast wieder. Und wenn Ihre Spaßvögel aus politischen Gründen protegiert werden, hab ich sogar Angst vor der Generalinspektion. Sie haben Glück. Ich werde weiter wegrennen, bis sie mich schnappen.» Ich trank meinen nunmehr lauwarmen Grog aus. «Ich möchte die Polizeiakte von Charles Pradier. Und die von Kasper, falls der eine hat. Ich möchte, daß Sie für mich was aus den Archiven raussuchen. Und so viel wie möglich über Fanch Tanguy und über Madriers Vergangenheit in Erfahrung bringen. Sehen Sie zu, daß Sie das irgendwie deichseln. Ich meld mich wieder. Bleiben Sie sitzen, wenn ich rausgehe.»

Ich stand auf.

«Warum versuchen Sie eigentlich nicht, mich festzunehmen?»

«Gute Frage», seufzte Coccioli.

Er sah mich beinahe lächelnd an, der Hund! Ich ging durch das Bistro hinaus auf die Straße. Es schiffte, immer noch. Ich blickte mich um. Es war fast zehn Uhr abends, mäßiger Verkehr.

Ich überquerte die glänzende Straße und setzte mich wieder knurrend ans Steuer des Aronde. Ich war müde, mir taten das Becken und die Seite weh, ich war gereizt und hatte die Schnauze voll. Einen Moment erwog ich, zu Coccioli zurückzugehen, mich der Polizei zu stellen, sollte er doch sehen, wie er klarkam. Ich startete.

Ich wendete an Ort und Stelle und fuhr in Richtung Périphérique. Ein Citroën SM scherte hinter mir aus und wendete. Ich nahm den äußeren Périphérique. Der SM folgte mir. Ich fuhr 80. Er fuhr 80. Aus meiner Schaffelljacke (eigentlich Nick Malrakis' Jacke) zog ich den MR 73 und legte ihn neben mich auf den Sitz.

Ich rauschte an diversen Ausfahrten vorbei, doch der SM kam nicht näher. Ich mußte die Leute hinter mir abhängen oder zulassen, daß sie mir bis zu Haymann und Charlotte nachfuhren. Ich wußte bloß nicht, wie ich sie mit dem Aronde abhängen sollte.

Ich brauchte bis zur Porte Brancion, bis ich mich entschieden hatte. Dort setzte ich meinen Blinker und bog auf die lange Ausfahrt, die zur Eisenbahnbrücke hochführt. Als ich oben ankam, der SM achtzig oder hundert Meter hinter mir, sah ich, daß die Kreuzung vor der Brücke von Polizisten samt Mannschaftswagen und Motorrädern abgesperrt war und große, rot blinkende Laternen geschwenkt wurden, um die Autos anzuhalten.

Ich weiß nicht, was ich getan hätte, wenn ich nachgedacht hätte, doch ich merkte nur, daß ich immer schneller auf sie zufuhr und sie wild gestikulierend zur Seite sprangen. Der Aronde machte fast 100 Sachen. Ich preschte durch die Absperrung, dann noch ans Steuer geklammert bei Rot über zwei Ampeln. Momentan war nur der SM hinter mir her, er war ebenfalls durch die Absperrung und über die beiden Kreuzungen gebrettert, und dann folgten ihm zwei Motorräder. Ich fuhr schnell die Auffahrt Porte de Vanves zum Périphérique runter. Als ich unten war, schlug ich leicht ein, zog die Handbremse ruckartig bis zum Anschlag an, und der Aronde drehte sich um seine eigene Achse.

Ich gab Gas. Und so rauschte ich nun, die Motorhaube gen Westen gerichtet, gegen den Verkehr auf dem äußeren Périphérique dahin. Mir war völlig klar, daß ich keine Chance hatte, und betrachtete die Situation mit einer Art amüsierter Neugier. Unterdessen wurde geschossen, ich wußte nicht genau von wem und worauf, aber es war mindestens eine Maschinenpistole dabei. Und ich sauste in verkehrter Richtung auf dem Périphérique dahin, Scheinwerfer kamen auf mich zu, schlingerten wie verrückt und flogen wie Schneebälle, von einem Höllenspektakel aus Hup- und Bremsgeräuschen begleitet, rechts und links an mir vorbei. Plötzlich wurde ich von einem nervösen Lachkrampf geschüttelt.

Danach streifte ich die mittlere Leitplanke. Ich prallte immer wieder dagegen und blieb schließlich, umgeben vom Gestank nach verbranntem Gummi, stehen. Mechanisch steckte ich den MR 73 in die Tasche, öffnete die Wagentür, stieg ziemlich weggetreten aus – ich war nicht bei der Sache, verstehen Sie? – und suchte auf dem Mittelstreifen Schutz vor den Autos, die weiter vorbeipreschten, doch nicht mehr ganz so schnell, denn allmählich bildete sich zwischen der Porte Brancion und der Porte de Vanves ein Stau, und man hörte immer noch Schüsse, aber es wurde nicht auf mich geschossen. Ich lehnte mich an die Mittelleitplanke. Der Lachkrampf ließ nach, aber ich hatte meine Knie nicht mehr unter Kontrolle, so zitterten sie. Ich wartete, daß man mich holte und ins Gefängnis oder vielleicht zur Schlachtbank brachte. Ich glaube, ich war übermüdet.

10

Nach einer Weile, sagen wir mal, nach vierzig Sekunden oder einer Minute, merkte ich, daß sich niemand um mich kümmerte. Das Gute am Périphérique ist, daß er beleuchtet ist: ich blickte in Richtung Porte de Vanves. Mittlerweile standen die Autos auf etwa 200 bis 300 Metern Länge, und am Stauende konnte ich gerade noch den SM erkennen, der die mittlere Leitplanke demoliert hatte, wobei alle Scheiben zu Bruch gegangen waren. An der Auffahrt Porte de Vanves standen Polizisten. Es wurde nicht mehr geschossen. Da mein Beruf darin besteht, alles zu begreifen, begriff ich, daß der SM versucht hatte, auf die gleiche Weise wie ich die Kurve zu nehmen, was aber danebenging. Und dann hatten die Flics vermutlich auf den SM geschossen, oder die Leute aus dem SM hatten auf mich geschossen, und die Flics hatten geglaubt, sie wären gemeint, oder was weiß ich. Ich blickte nach oben und sah, daß ich unter der Brükke stand. Eigentlich unter zwei Brücken, denn ich befand mich unter dem Überweg in Richtung Stadt, der wiederum mehr oder weniger von der Eisenbahnlinie überragt wurde. Die Polizeisperre war also irgendwo über mir. Ich überquerte den inneren Périphérique und lief nach Westen. Kam unten an der Auffahrt zur Porte Brancion raus. Ging die

Auffahrt hoch. Niemand, der mir Fragen stellte oder auf mich schoß. Ungemein beruhigend.

Dafür aber jede Menge Betrieb auf dem Überweg: stehende Wagen, Gaffer, herumrennende Polizisten.

«Was ist denn los?» fragte mich mürrisch und desillusioniert ein altes Männchen mit Hund an der Leine, schmutziger Baskenmütze und bräunlichem Zigarettenstummel.

«Ich weiß nicht, das ist da drüben.» Ich zeigte auf die Porte de Vanves und die andere Seite der Eisenbahnbrücke. «Ich glaube, ein Unfall.»

«Schüsse!» rief das alte Männchen barsch. «Da sind Schüsse gefallen.»

«Ich weiß nicht», erwiderte ich. «Ich bin gerade erst gekommen.»

Er zuckte mit den Schultern. Ich machte einen Bogen um ihn und ging in Richtung Norden. Er schaute mir nach. An der Station Porte de Vanves nahm ich die Metro und war gegen 23 Uhr in Kumpel Jules' Wohnung. Haymann saß allein im Wohnzimmer auf dem Ledersofa, las Jack Londons *König Alkohol* und schlürfte nebenbei aus einem großen Cognacglas rosa Wodka.

«Ich hätte auch gern einen», meinte ich.

«Den Wodka hab ich ausgetrunken», sagte Haymann. «In der Küche ist noch Scotch. Die Kleine ist schlafen gegangen», ergänzte er, als ich mich fragend umblickte. «Die war total erledigt. Sie sehen auch total erledigt aus.»

Ich nickte, ging in die Küche, verdünnte mir einen Whisky mit Leitungswasser, mit sehr viel Wasser, und nahm ihn mit ins Wohnzimmer. Ich setzte mich und grunzte behaglich.

«Ich hab Ihr Auto kaputtgemacht.»

«Ah so», meinte Haymann.

Ich erzählte ihm, was passiert war.

«Wie kam es denn», fragte Haymann, «daß die vor dem

Bistro auf Sie gewartet haben? Coccioli hatte doch gar keine Zeit, die zu benachrichtigen, oder?»

«Ich weiß nicht. Ich denke, daß die Coccioli einfach nur gefolgt sind.»

«Ja», sagte Haymann. «Andererseits steckt er vielleicht seit der Geschichte in Marseille mit denen unter einer Decke, von Anfang an. Als er Marthe Pigot zu Ihnen geschickt hat, da hat er Ihnen doch ausdrücklich gesagt, daß Sie die von ihr geforderte Ermittlung nicht machen sollen.»

«In dem Zusammenhang war das doch normal.»

«Trotzdem, das paßt.»

Ich seufzte.

«Wissen Sie», sagte Haymann, «Das kann nicht ewig so weitergehen.»

«Ich weiß.»

«Ein Wunder, daß Sie von denen noch nicht geschnappt worden sind. Sie werden mindestens ein Wunder pro Tag brauchen, um weiter unbehelligt rumrennen zu können. Und bis wohin wollen Sie denn noch rennen?»

Ich zuckte mit den Schultern, seufzte ein zweites Mal und nahm den Telefonhörer ab. Ich zog einen Zettel aus meiner Tasche, las ihn und wählte die Nummer, anscheinend ein Anschluß mit Direktdurchwahl in der Provinz.

«Na», sagte Haymann mit verkniffenem Gesicht, «machen Sie doch, was Sie wollen, hm.»

Es dauerte lange, bis die Verbindung hergestellt war.

«Gemeinschaft Reformierter Skopzen», verkündete eine sanfte Frauenstimme. «Was kann ich für Sie tun?»

Ich legte auf, erhob mich und ging zum Bücherregal. Ich schlug im farbigen Nouveau Petit Larousse nach, im Petit Robert und in Chamber's Twentieth Century Dictionary, aber da stand das nicht drin.

«Was suchen Sie denn?» fragte Haymann.

Ich gab ihm das mystische Hygieneflugblatt.

«Skopzen.»

«Wenn mich nicht alles täuscht», sagte Haymann, «ist das eine alte russische Sekte. Ein lustiger Haufen. In Anbetracht dessen, daß das Böse ja vom Fleisch herrührt, neigten sie gewissermaßen dazu, sich die Eier abzureißen und dabei Choräle zu singen. Gedenken Sie in den Orden einzutreten, mein guter Tarpon? Sie scheinen mir da eine Nummer vom Departement Seine-et-Marne zu haben, aber beschwören kann ich es nicht.»

Ich rief die Auskunft an. Ich hatte die Nummer des Teilnehmers und seinen Namen, und auch diesmal machte die liebe gute Auskunft keinerlei Schwierigkeiten und gab mir die Adresse durch. Die Gemeinschaft Reformierter Skopzen hatte ihren Sitz bei Villers-Cotterêts. Ich bedankte mich, legte auf und notierte mir alles.

«Apropos Eier», meinte Haymann», «da haben Sie was verpaßt. Sie hätten lieber vor dem Fernseher bleiben sollen, anstatt den Todeskandidaten zu spielen. Die Ava Gardner, o Mann, das ist eine Frau! Was suchen Sie denn noch?»

«Eine Straßenkarte.»

«Man sollte nicht zuviel verlangen. Wir kaufen morgen eine.»

«Und ein Auto kaufen wir auch. Wenn von Ihnen weiterhin nichts in der Zeitung steht, dann gehen Sie zu irgendeinem Schrotthändler und suchen uns eine Karre für einen Riesen raus, mehr können wir dafür nicht ausgeben. Die muß nur ein paar Tage laufen, mehr verlange ich nicht.»

«Zu Befehl, Chef», rief Haymann. «Sagen Sie, können wir für heute mal aufhören, von der Sache zu reden, einverstanden? Ich bin ein bißchen traurig und ein bißchen müde, Tarpon. Soll ich Ihnen China-Schach beibringen?» Ich schüttelte den Kopf. «In der Bude ist kein westliches aufzutreiben», sagte Haymann, «aber Japan-Schach und China-Schach. Die kleine Charlotte kann China-Schach spielen. Sie hat mich geschlagen, das kleine Luder. Ein nettes Mädchen.»

«Ja.»

«Nur zu dünn. Ava Gardner ist mir da lieber. Aber nett ist sie. Sie müßten ihr noch gute Nacht sagen, da würde sie sich bestimmt freuen.»

«Wie? Was? Nein!» stammelte ich.

Ich drehte mich wieder zu dem Bücherregal um und begann, mit geneigtem Kopf verschiedene Titel auf den Buchrücken zu entziffern. Ich hörte, wie Haymann hinter mir leise kicherte, dann sein Glas austrank, es abstellte und seufzend aufstand.

«Ich hab mein Bett im anderen Zimmer gemacht», sagte er. «Tut mir leid für Sie, aber Ihnen bleibt nur das Sofa. Träumen Sie schön, den Scotch brauchen Sie nicht zu suchen, den nehm ich mit.»

«Gute Nacht», sagte ich.

«Gute Nacht.»

Einen Moment lang betrachtete ich weiter die Buchrücken. Ich fühlte mich erschöpft, war aber überhaupt nicht müde. Kurz darauf zog ich die Schaffelljacke wieder an und verließ die Wohnung.

An der Place de la Nation nahm ich die Metro und stieg an der Station Les Sablons aus. Renée Mouzon wohnte in einer kleinen Straße, etwa 200 Meter von der Metro entfernt, in einem stattlichen Haus. An der Concierge-Loge eine Mieterliste, der Name jedes Bewohners fein säuberlich auf einem abnehmbaren Täfelchen. Ich fuhr mit dem Fahrstuhl bis zur vierten Etage, wo es zwei doppelflüglige Türen gab. An einer eine Visitenkarte mit dem Namen Renée Mouzon, genau die gleiche, die ich in der Brieftasche von dem Mann im Hemd gefunden hatte. Es war 23.45 Uhr. Ich drückte auf die Klingel und ließ meinen Finger so lange auf dem Knopf, bis geöffnet wurde. Das dauerte nicht lange.

«Was ist denn?»

Eine Frau hatte die Tür einen Spalt breit aufgemacht, eine Sicherheitskette war vorgelegt, was aber nicht viel nützte. Ich zückte einen alten Ausweis und wedelte der Dame damit vor den Augen herum.

«Generalinspektion der Gendarmerie Nationale», verkündete ich so ernst wie möglich. «Renée Mouzon? Würden Sie bitte die Tür öffnen?»

Sie musterte mich mit müdem Blick und machte die Tür auf. Und ging vor in einen Louis-XV-Salon mit elfenbeinfarbenen Stofftapeten. Sie trug einen isabellfarbenen Seidenmorgenmantel, an den Füßen Pantoffeln mit weißen Pompons, sie hatte krauses, buttergelbes Haar; übrigens hatte sie einen schönen sinnlichen, wenn auch bereits leicht erschlafften Körper, der sich beim Gehen unter der Seide abzeichnete, und ein rundes hübsches, ebenfalls leicht erschlafftes Gesicht mit milchweißem Teint, großen blauen Augen und dunklen Augenringen. Als sie sprach, behielt sie ihre Zigarette mit Korkfilter im Mund.

«Wissen Sie», sagte ich, als wir in den Louis-XV-Salon kamen, «Sie müssen mich um diese Zeit nicht empfangen. Aber das würde uns sehr in Verzug bringen, wenn ich morgen noch mal kommen müßte.»

«Setzen Sie sich.»

«Ich danke Ihnen für Ihr Entgegenkommen», sagte ich und setzte mich vorsichtig in eine Bergere.

Renée Mouzon drückte ihre Zigarette in einem Porzellanaschenbecher aus, nahm sich aus einem Silberkästchen eine neue und zündete sie mit einem silbernen Feuerzeug an.

«Geht es um Lionel?» fragte sie.

«Welchen Lionel?»

«Ah, verdammt noch mal!» rief sie, und zwar so heftig, daß es mich überraschte. «Die Spielchen lassen Sie bitte!» Sie trat einen Schritt zur Seite, stellte dabei ihre Füße über Kreuz und stolperte; sie fiel in einen Sessel, und das mit einer Anmut und Leichtigkeit, daß es eigentlich fast nach einer einstudierten Pose aussah, die sie bewußt einsetzte. «Ich weiß, daß er ein Gangster ist», erklärte sie. «Ist mir aber scheißegal. Er ist mein Mann.»

Sie warf mir vernichtende Blicke zu, eine Drohung, ja nicht das Gegenteil zu behaupten. Dann lachte sie stumm in sich hinein, beugte sich ziemlich tief runter (man sah den oberen Teil ihrer Brüste) und griff auf dem Boden neben dem Sessel nach einem Silberbecher und einer Kristallkaraffe.

«Möchten Sie?» fragte sie und schwenkte mit den Gegenständen in meine Richtung. «Das ist Rum», erklärte sie.

Ich schüttelte den Kopf.

«Wir sprechen doch von Lionel Constantini?»

«Was hat er schon wieder angestellt?» Sie goß sich einen Becher bis zum Rand voll und hielt dabei den Becher und die Karaffe in Augenhöhe. Wegen des Zigarettenrauchs mußte sie mit dem rechten Auge laufend blinzeln.

«Lionel wurde im Wald von Fontainebleau in eine Schießerei verwickelt», sagte ich, sie stellte die Karaffe ziemlich abrupt auf den Boden zurück und sah mich ängstlich an.

«Er hat… Er hat doch nichts?» fragte sie. «Er ist doch nicht verletzt oder… oder…?»

«Ich…» Ich leckte mir die Lippen und machte ein deprimiertes Gesicht. «Nichts Schlimmes…»

Sie sprang von ihrem Sitz hoch, stürzte sich auf mich, fast wäre sie hingeflogen, und packte mich am Kragen. Also, hochgehoben hat sie mich nicht, aber ich stand plötzlich und wurde gegen die Bergere gedrückt. Renée Mouzon roch entsetzlich nach Rum. Da sie ihren Becher nicht losgelassen hatte, kleckerte sie mir die Hälfte davon über mein Jackett.

«Wo ist er? Sagen Sie mir, wo er ist!» (Sie schrie das.)

«Wenn Sie mich loslassen und mir einige Fragen beantworten, sag ich Ihnen, wie Sie zu ihm kommen.»

Sie ließ den Becher los, der vom Teppich abprallte. Der restliche Rum spritzte raus. Sie klammerte sich an meinen Kragen und schüttelte mich wie einen Pflaumenbaum, offenbar auch eine spezielle Masche von ihr. Ich wartete, bis sie sich beruhigte. Sie beruhigte sich.

Sie wich schlurfend zurück und setzte sich in den Sessel.

«Ich versichere Ihnen, es tut mir leid, daß ich dazu gezwungen bin», erklärte ich. «Aber ich muß es machen.»

«Widerlicher Drecksack!» (Ruhig und leise gesagt.)

«Kennen Sie einen gewissen Fanch Tanguy?»

Sie schüttelte den Kopf, leerer Blick.

«Charles Pradier?»

«Der ist tot.» (Tonlose, tieftraurige Stimme.)

«Kennen Sie ihn?»

«Ein Freund von Lionel. Ich hab ihn zwei- oder dreimal gesehen.»

«Haben Lionel und er regelmäßig zusammengearbeitet?»

«Weiß ich nicht.»

«Hin und wieder?»

«Weiß ich nicht. Kann schon sein.» (Immer noch tonlose Stimme.)

«Und in den letzten Tagen, haben sie da zusammengearbeitet?»

«Ich glaub ja.»

«Warum glauben Sie das?»

«Hmm? Oh, Lionel war letzte Nacht hier, er hat einen Anruf gekriegt, und danach hat er mir gesagt, daß Charles Pradier tot ist.»

«Womit hatten die beiden denn die letzten Tage zu tun?»

«Ich weiß nicht, Lionel redet nicht mit mir über seine Geschäfte.»

«Ihm könnte doch mal ein Wort rausgerutscht sein.»

Sie lachte stumm. Packte die Karaffe mit Rum und setzte sie an. Rum lief ihr übers Kinn und in den Ausschnitt ihres Morgenmantels. Als sie die Karaffe wieder absetzte, lachte sie mit offenem Mund laut los.

«Sie werden sich noch vollkommen kapputtmachen», bemerkte ich, «wenn Sie sich ständig in solche Typen verknallen und weiter so bechern wie jetzt.»

Sie sah mich an, als ob ich vom Mars käme.

«Ich glaub, ich will jetzt nichts mehr sagen», erklärte sie. «Sie belügen mich ja sowieso. Ich glaub, Lionel ist tot.»

«Lionel ist im Krankenhaus von Fontainebleau. Er hat Schrot in die Schulter bekommen. Er hat ziemlich viel Blut verloren, aber er wird sich bald wieder erholen.»

«Stimmt das?»

«Ich schwör es Ihnen.»

«Gut», erwiderte Renée Mouzon, nachdem sie einen Augenblick gegrübelt hatte. «Gut, ich glaub Ihnen.»

«Ich muß Sie aber erst noch weiter befragen», sagte ich, «dann dürfen Sie in Fontainebleau anrufen.»

«Drei Fragen.»

«Wie bitte?»

Sie gluckste. Und wiegte den Kopf hin und her.

«Sie sind ein netter Drecksack», meinte sie, um eine Erklärung bemüht. «Ich gestatte Ihnen drei Fragen, wie im Märchen. Und dann sag ich nichts mehr.»

Ich stierte sie an, worauf sie nur noch mehr gluckste. Ich seufzte.

«Kennen Sie einen gewissen Kasper?»

«Nein. Das war die erste.»

«Was ist die Gemeinschaft Reformierter Skopzen?»

«Eine Art Scheinkloster in der Nähe von Meaux. Dort sollen Körper und Geist wiederbelebt werden. Verstehen Sie. Yoga und Meditation. Für Firmenchefs und alte Schachteln. Dort hab ich Lionel kennengelernt. Aber Vorsicht, Lionel ist nicht der Typ, der sich mit so albernem

Zeug abgibt, ich übrigens auch nicht. Mein Chef war da mal und ich, na ja, ich bin halt seine Sekretärin, nicht wahr, und Lionel hatte dort eine Verabredung mit meinem Chef. So, das war die zweite.»

Ich suchte verzweifelt nach einer dritten Frage, weil ich den starken Eindruck hatte, daß sie ihre Ankündigung wahr machen und nach der Beantwortung meiner nächsten Frage verstummen würde. Doch mein Kopf war leer, vielleicht aber auch zu voll.

«Was macht Ihr Chef denn so?» fragte ich gedankenlos.

«Er leitet eine Stiftung für Blinde», sagte Renée Mouzon und fügte hinzu: «Das war die dritte», und ihr Kopf glitt zur Seite, ihr Mund öffnete sich etwas, und ein leichtes Schnarchen kam aus ihrer Kehle; sie schlief bereits wie ein Murmeltier.

11

Als ich die Tür zur Wohnung von Kumpel Jules hinter mir zumachte, stürzte sich Charlotte auf mich.

«Wo waren Sie denn bloß? Ich hatte vielleicht eine Angst wegen Ihnen, Sie Blödmann!»

«Tut mir leid», sagte ich, ging um sie herum und ins Wohnzimmer, zog die Schaffelljacke aus, setzte mich auf das Sofa und versuchte nachzudenken.

Charlotte kam mir nach und pflanzte sich in einen weißen Plastikschalensessel, der ein grell orangefarbenes Kissen und einen ziemlich hohen Mittelfuß hatte. Sie trug einen Pullover von Kumpel Jules, ein riesiges Ding aus grobgestrickter weißer Wolle, das ihr fast bis zu den Knien reichte. Sie hatte hübsche Knie. Sie sah mich finster an und rauchte eine Gitane, eine Menge Stummel lagen in einem quadratischen Aschenbecher auf dem Glastisch, das Zimmer war ganz verqualmt.

«Ich hab mir unheimliche Sorgen gemacht», sagte Charlotte. «Ich hatte einen Alptraum, und dann konnte ich nicht mehr schlafen, und Sie waren nicht mehr da.»

«Ach, sagen Sie mal», rief ich ziemlich zusammenhanglos, «wo ist eigentlich Nick? Wo ist Ihr Mann? Ich meine, schließlich ...»

«Der ist bei Dreharbeiten im Süden. Interessante Assoziationen haben Sie, Tarpon.»

«Ich? Wieso?»

«Ich sag Ihnen, daß ich nicht schlafen kann, und da fragen Sie mich, wo mein Typ ist. Der übrigens nicht mein Typ ist.»

«Nicht Ihr Typ?»

«Nick ist ein kleiner Scheißer. Ist mir piepegal. Soll er doch sonstwohin fahren mit seinen Schlampen. Ach, lassen wir das jetzt bitte, ja?»

«Ich laß es ja», sagte ich, «ich sag ja gar nichts, Sie haben doch davon angefangen!»

«Halten Sie jetzt mal die Klappe, Tarpon, verdammt noch mal!»

Ich seufzte, schlug die Augen nieder und muckste mich erst mal nicht mehr. Ich hörte, wie Charlotte auf ihrem Sessel hin und her rutschte. Wahrscheinlich suchte sie eine bequeme Haltung, fand aber keine.

«Ich bin zu Renée Mouzon gegangen», fing ich dann irgendwann an. «Sie wissen doch, die Frau, deren Adresse ich in der Brieftasche gefunden hab, in der Brieftasche von dem Kerl, den Haymann verletzt hat.»

Ich fing an zu erzählen. Nach drei Sätzen verließ Charlotte ihren Hochsitz, kam zu mir, rollte sich fluchend in einer Ecke des Sofas zusammen, verfluchte den Sessel und erklärte, daß es hier bequemer sei. Ich stand vom Sofa auf und öffnete das Fenster, um ein bißchen frische Luft reinzulassen, dann setzte ich mich in den Sessel.

«Puritaner, Feigling», zischte Charlotte.

Ich ging nicht weiter darauf ein und beendete meinen Bericht. Ich fügte einige Kommentare und Vermutungen hinzu. Charlotte schloß das Fenster wieder, weil ihr angeblich kalt war.

«Wenn eure Birnen morgen nicht in der Zeitung prangen», sagte ich, «wird der gute Haymann versuchen, uns eine Karre zu besorgen. Unter anderem würd ich nämlich gern mal kurz im Departement Seine-et-Marne vorbeischauen.»

«Ja. Ich auch.»

«O nein», entgegnete ich. «Sie nicht. Sie bleiben schön friedlich hier in der Wohnung, bis die ganze Geschichte vorbei ist.»

«Unmöglich. Allein hab ich Angst.»

«Das war ernstgemeint, meine Kleine.»

«Ich mach, was ich will», erklärte Charlotte. «Entweder Sie nehmen mich mit oder ich geh zu den Zeitungen und sorge da für Stunk. Das müßte man sowieso machen, find ich. Aber das möchten Sie ja nicht.»

Ich dachte nach und seufzte.

«Wir regeln das morgen, wenn wir wieder klar im Kopf sind, ja? Es ist zwei Uhr früh, und wir hatten alle einen harten Tag. Es ist Zeit, schlafen zu gehen.»

«Genau», sagte Charlotte, «kommen Sie ins Bett.»

«Gehen Sie ins Bett», sagte ich.

«Kommen Sie ins Bett.»

Ich sah sie an. Sie prustete los.

«Es reicht jetzt, Charlotte!» behauptete ich.

«Wieso? Haben Sie einen triftigen Grund, der dagegen spricht? Dann nennen Sie mir einen.»

Und ich suchte doch tatsächlich krampfhaft nach einem.

«Ich sehe nicht gut aus», sagte ich.

«Das hab ja wohl ich zu entscheiden. Wenn ich Ihnen nicht gefalle, ist das was anderes. Sagen Sie, daß ich Ihnen nicht gefalle.»

«Sie gefallen mir nicht, Charlotte.»

«Verdammter Lügner», sagte Charlotte.

«Ach, hol's der Teufel», sagte ich und stand auf. «Hol's der Teufel, gut, einverstanden.»

Sie ging in das hintere Zimmer. Ich folgte ihr. Ich zog mich verschämt im Halbdunkel aus und legte mich dann neben Charlotte ins Bett. Sie umarmte mich gleich, viel zu kräftig, bewegte sich viel zu hastig und war ausgesprochen nervös. Nach einem Moment machte sie sich plötzlich ganz unsanft los; in Wirklichkeit boxte sie mich aufs Auge und stieß mich zurück; sie stürzte aus dem Bett und rannte ins Bad, ich hörte, wie sie sich übergab.

Als sie aus dem Bad zurückkam, hatte ich mir einen Pyjama angezogen, den ich im Schlafzimmerschrank gefunden hatte, und saß im Wohnzimmer. Ich hatte auch eine Decke gefunden, die ich mitgenommen und auf das Sofa gelegt hatte.

«Das ist mir wirklich peinlich», sagte Charlotte ziemlich leise. «Das war nicht wegen Ihnen, wissen Sie. Wegen der beiden Typen. Die Sache mit denen ist mir doch ganz schön an die Nieren gegangen, verstehen Sie. Ich würd wirklich gern mit Ihnen vögeln, das wär bestimmt toll. Etwas später, in ein oder zwei Tagen, ja, einverstanden?»

«Wann Sie wollen, ja, einverstanden», sagte ich ebenfalls ganz leise und nahm sie am Ellenbogen, führte sie ins Schlafzimmer und half ihr, einen Pyjama überzuziehen, legte sie hin, deckte sie zu und streichelte ihr sanft übers Haar. Sie schlief sehr schnell ein.

Die Schlafzimmertür ließ ich einen Spalt offen, falls Charlotte wieder Alpträume bekommen würde. Ich ging ins Bad und wusch meine Socken und mein Hemd. Ich hängte alles zum Trocknen auf. Bei dem Hemd lohnte es sich eigentlich nicht mehr, so verbrannt und zerrissen wie es an der Seite war, aber ich mußte am nächsten Tag wenigstens was Sauberes anziehen. Dann duschte ich und legte mich gegen halb vier im Wohnzimmer in die Decke gewickelt auf das Sofa. Ich schlief sofort ein und wachte erst am nächsten Mittag wieder auf.

In der Küche waren gedämpfte Stimmen zu hören. Ich ging in die Richtung und rieb mir die Augen mit den Fäusten. Ich konnte nicht fassen, daß es schon so spät war. Es hatte aber auch sein Gutes, daß ich mal so lange geschlafen hatte, denn ich fühlte mich wunderbar ausgeruht, und mit meinen diversen Verletzungen stand es schon viel besser.

In der Küche saßen Haymann und Charlotte am Tisch, die Morgenzeitungen vor sich, diskutierten heftig und rauchten. Charlotte küßte mich auf beide Wangen, und Haymann versuchte, mit einer Cona neuen Kaffee zu machen. Charlotte hatte die Zeitungen geholt und auch jede Menge Croissants mitgebracht. Ich hatte einen Bärenhunger. Ich verschlang sie gierig und blätterte dabei die Tageszeitungen durch. Nirgendwo unsere Fotos. Die Titelseiten waren ausnahmslos dem bei dem Flugzeugunglück umgekommenen Boxchampion oder politischen Ereignissen gewidmet. In den Revolverblättern war unsere Geschichte längst vergessen, andere schändliche Verbrechen schienen ins öffentliche Interesse gerückt zu sein.

Allerdings wurde von einer Schießerei auf dem Périphérique und einem mysteriösen Drama im Wald von Fontainebleau berichtet. Im ersten Fall hieß es, die Polizei habe «Vorbestrafte» verhaftet, die versucht hatten, eine Straßensperre zu durchbrechen (die Namen der drei vorübergehend Festgenommenen waren mir unbekannt). Im zweiten Fall war ein anderer «Vorbestrafter» aufgefunden worden, der einen Schuß aus einem Jagdgewehr abbekommen hatte. Die beiden Vorfälle wurden nicht in Zusammenhang gebracht, der zweite wurde mit weniger als sechs Zeilen in nur einer Zeitung abgehandelt, und nirgendwo war die Rede von mir oder davon, daß Charlotte oder Haymann «verschwunden» waren.

«Scheißpresse», behauptete Charlotte. «Die schweigen alles tot.»

«Die Flics schweigen alles tot», gab Haymann mit verkniffenem Gesicht zurück. «Die Presse macht nur ihre Arbeit.»

«Das glauben Sie doch wohl selber nicht!»

«Hören Sie, fangen wir nicht wieder damit an!»

«Nein», meinte ich, «bitte nicht schon wieder, wir haben nämlich alle Hände voll zu tun.»

Kurz darauf verließen wir die Wohnung. Haymann machte sich auf den Weg in Richtung Porte d'Orléans und Route Nationale 20, denn er meinte, daß er nicht allzuweit draußen in den Vororten einen Schrottwagenhändler finden würde. Charlotte und ich fuhren mit der Metro bis zur Place Saint-Augustin. Dort im Viertel war der Sitz der Stiftung Stanislas Baudrillart, die sich die Förderung von Blinden zum Ziel gesetzt hatte.

Zur Abwechslung regnete es gerade mal nicht, aber der bleigraue Himmel war wolkenverhangen, und es pfiff ein schneidender Wind. Ich hatte herausgefunden, daß Kumpel Jules in etwa so groß war wie ich, und mir ein rosafarbenes Hemd von ihm geborgt. Er schien übrigens kein einziges weißes Hemd zu besitzen.

Die Stiftung Stanislas Baudrillart befand sich nur einige Schritte von der Kirche Saint-Augustin entfernt in einer kleinen Straße in der zweiten Etage eines stattlichen Gebäudes. An der Straßenecke gab es ein heruntergekommenes Café-Tabac, von dem aus man den Eingang des Hauses im Blick hatte. Charlotte spielte mit einer Sonnenbrille.

«He, soll ich die nicht doch aufsetzen? Ich gebe garantiert eine glaubhafte Blinde ab. Ich bin schließlich Schauspielerin, Tarpon.»

«Das haben wir doch schon durchdiskutiert. Die haben den lieben langen Tag nur mit Blinden zu tun. Vergessen Sie's. Wir machen das wie besprochen.»

Charlotte maulte und zuckte mit den Schultern. Sie ging über die Straße auf den Hauseingang zu. Ich betrat das Bistro und bestellte an der Theke einen Kaffee. Durch die Scheibe sah ich, daß Charlotte im Haus verschwand. Es war 14.30 Uhr. 15.10 Uhr fuhr Renée Mouzon im Taxi vor. 15.25 Uhr kam Charlotte wieder raus.

«Ein Kinderspiel war's nicht gerade», meinte sie, als sie neben mir an der Theke stand. «Ich mußte erst eine richtige Nummer abziehen. Ich hab denen gesagt, daß ich ausschließlich den Direktor sprechen wolle und nicht eher gehen würde, bis ich ihn gesprochen hätte, und nur ihm erklären wolle, worum es geht. Zum Glück herrscht da drin eine unheimliche Nächstenliebe. Alle waren sehr geduldig. Ich stand vielleicht dumm da, als ich dann erklärt hab, daß ich nur Arbeit suche.»

«Aber Sie haben den Kerl gesprochen?»

«Na ja, vielleicht zwei Minuten. Ein sehr höflicher Typ übrigens. Er hat mir freundlich erklärt, daß sie keine freie Stelle haben und er sowieso schlecht bezahle, weil die gut bezahlten Stellen den ‹Nicht-Sehenden› vorbehalten seien, so hat er sich ausgedrückt. Was übrigens stimmt, denn von den drei lieben Frauen, die ich zu Gesicht bekommen hab, waren zwei blind. Sie hatten recht, nicht selbst hinzugehen, ich hab nämlich auch Ihre dicke Strohblonde gesehen.»

«Renée Mouzon.»

«Genau, die Sekretärin des Typs, eine dicke Wasserstoffblondine mit Schweinsäuglein, ganz in Weiß, sah fast wie ein weißer Elefant aus.»

«Und der Direktor, was macht der für einen Eindruck?»

«Gutaussehend. Um die vierzig, dunkler Typ, groß, braungebrannt. Heißt Georges Rose, steht zumindest so an seiner Tür dran.»

«Geschrieben», berichtigte ich. «Geschrieben, nicht dran.»

Charlotte sah mich groß an.

«Das ist vielleicht ein blöder Typ!» rief sie.

«Würden Sie Georges Rose wiedererkennen?»

«Keine Sorge. Aber es stimmt, wissen Sie, Sie sind wirklich blöd.»

«Na schön», sagte ich. «Da brauchen wir ja nur abzuwarten.»

Wir bestellten noch zwei Kaffee und ließen sie uns an ein Tischchen in den kleinen Kneipenraum bringen. Charlotte sah mich scheel an.

«Wissen Sie, Tarpon, es war idiotisch, hier schon um halb drei hinzugehen. Halb fünf hätte gereicht. Jetzt müssen wir mindestens eine Stunde totschlagen. Hatten Sie schon mal so viel tote Zeit bei einer Ermittlung.»

«Na klar.»

«Im Kino?»

Ich zuckte mit den Schultern.

«Wir hätten in der Wohnung bleiben können», bemerkte Charlotte. «Wir beide. Ganz friedlich. Bis drei oder vier Uhr.»

«Werd ich jetzt etwa schon wieder einer Psychoanalyse unterzogen.»

«Ich mag Sie, Tarpon, Sie sind zum Piepen.»

«Wissen Sie», sagte ich, «glauben Sie bloß nicht, daß ich, wenn sich die Dinge wieder eingerenkt haben, unbedingt ein Verhältnis mit Ihnen haben möchte.»

Charlotte brach in schallendes Gelächter aus und hob die Arme hoch.

«Ein Verhältnis!» wiederholte sie.

Genau in dem Moment kam Haymann in die Bar. Eine Stunde vor der vereinbarten Zeit.

«Ach so», sagte er, «Sie sind hier. Störe ich?» Er gaffte uns an; und blickte sich mehrmals um, wobei er sich fast den Hals verrenkte.

«Alles in Ordnung», beteuerte ich. «Sie sind zu früh.»

«Bin ziemlich schnell fündig geworden.» Er setzte sich und winkte mit zwei Fingern in Richtung der Kellnerin. «Ein Alfa Romeo. Sechshundertfünfzig Franc. Etwa fünfzehn Jahre alt und in einen schweren Unfall verwickelt. Das Chassis kann uns jede Sekunde unterm Arsch zusammenkrachen.» Er drehte sich kurz zur Kellnerin um. «Ein kleines Bier und einen Cognac. Scheint so, daß man hundertfünfzig mit ihm machen kann. Einmal müssen wir das ausprobieren, wegen des Nervenkitzels.»

«Man sieht uns doch nicht von draußen?» fragte ich und deutete mit dem Kopf in Richtung Scheibe.

«Überhaupt nicht.» Haymann nahm der Kellnerin den Cognac aus der Hand, ehe sie ihn auf den Tisch stellen konnte. «Ich hab das entsetzliche Ding an der Ecke geparkt und bin einfach hier reingekommen, um mir einen zu genehmigen, weil das so günstig liegt. Ich dachte, daß Sie ein bißchen draußen spazierengehen, während Sie auf mich warten.» Er trank seinen Cognac aus und griff mit der linken Hand nach dem Bierglas, noch ehe die rechte unten war.

«Das ist kein Wetter zum Herumspazieren», erklärte Charlotte giftig. «Bei dem Wetter bleibt man im Warmen! Im Bett!»

«Ich hab eine Dose schwarze Farbe gekauft und Abziehbuchstaben», sagte Haymann, als er sein leeres Bierglas abstellte. «Wir müßten gelegentlich das Kennzeichen verändern. Ich hab doch meinen Namen angegeben. In vierundzwanzig Stunden steht das Kennzeichen garantiert auf der Fahndungsliste. Hallo!» rief er und hob zwei Finger hoch.

«Was machen Sie denn mit einer Waffe?» zischte ich ihm zu, weil Haymanns Jacke aufklaffte, als er sich vorbeugte, und ich den Griff des Python aus dem Hosenbund herausragen sah.

«Den hab ich heut morgen mitgenommen.»

«Tragen Sie ihn nicht so, Sie werden sich noch die edlen Teile wegballern. Stecken Sie ihn wenigstens in Ihre Jackentasche. Was schulden wir Ihnen?» fragte ich die Kellnerin.

«Warten Sie», sagte Haymann, «ich trink noch einen Schluck.»

«Der Herr Direktor kommt», verkündete Charlotte seelenruhig.

12

Direktor Georges Rose war groß, ein dunkler Typ, braungebrannt, gutaussehend, so um die vierzig, wie Charlotte gesagt hatte. Vielleicht etwas älter; sein schwarzes Haar war sehr schwarz, wahrscheinlich an den Schläfen gefärbt, eine Haut wie Einbandleder. Anhänger des Höhensonnenkults. Und sicherlich auch von Yoga, Sauna und so ’nem Zeug, ja, das paßte alles zusammen.

Er kam in Direktorenmanier aus dem Gebäude, mit marineblauem Mantel und Schlapphut, einen Delsey-Aktenkoffer in der Hand. Renée Mouzon trippelte hinter ihm her. Sie trug einen weißen Regenmantel mit Kaninkragen und eine Handtasche über dem Arm. Selbst aus 50 Metern Entfernung und durch eine Gardine sowie eine schmutzige Scheibe konnte man erkennen, daß sie grausam geschminkt war und völlig mitgenommen aussah. Im linken Ärmel hatte sie ein Taschentuch stecken, sie zog es heraus und biß darauf herum, während Direktor Rose auf dem Gehsteig stand, wütend die Straße rauf und runter sah und sie anscheinend nach einem derzeit nicht vorhandenen Auto absuchte.

Und fast im gleichen Augenblick bog ein metallicgrauer Peugeot 504 um die Ecke, kam langsam angefahren und hielt in der zweiten Reihe in Höhe von Rose. Am Steuer saß ein ziemlich kleiner Kerl mit Chauffeursmütze und Mondgesicht, wächsernem Teint und ausrasiertem Nakken – eigentlich konnte man wegen der Mütze gar nicht erkennen, ob er überhaupt Haare hatte und was für welche. Ich meinte, ihn schon mal gesehen zu haben, aber das war ja eher unwahrscheinlich. Neben ihm saß Cedric Kasper.

Rose und Renée Mouzon gingen schnell zum Auto, der Fahrer öffnete ihnen von innen die hintere Tür, der Direktor stieg mit seiner Sekretärin ein, und der 504 fuhr ruckartig an.

Wir hatten verdammt viel Zeit verloren. Nachdem Georges Rose rausgekommen war, hatten wir schnell die Getränke bezahlt, und als der 504 aufgekreuzt war, bewegten wir uns gerade auf den Kneipenausgang zu. Im Blickfeld von Renée Mouzon und noch dazu von Kasper war es ausgeschlossen, uns auf der Straße zu präsentieren.

Sowie der 504 auf die Kreuzung zuraste, stürzte Haymann nach draußen und rannte an das andere Ende der Straße, wir hefteten uns an seine Fersen. Der 504 bog ab und verschwand, während Haymann die Tür eines scheußlichen flaschengrünen Giulia aufschloß, der an allen vier Kotflügeln und allen vier Türen Rostflecken und braune Farbkleckse hatte.

«Geben Sie mir die Schlüssel», befahl ich. «Sie und die Kleine verschwinden jetzt sofort in die Wohnung und rühren sich dort nicht von der Stelle.»

«Finden Sie, daß das der geeignete Moment ist, um rumzudiskutieren?» fragte Haymann, als er sich ans Steuer setzte und den Motor anließ. Charlotte war zur gleichen Zeit hinten reingesprungen.

«Jean-Baptiste!» schrie ich.

«Wir fahren ohne Sie, Eugène!» drohte Haymann.

Ich kapitulierte widerwillig und nahm auf dem todsicheren Beifahrersitz Platz. Der Alfa schoß vom Gehsteig, noch ehe ich die Wagentür zugeworfen hatte. Er wendete reifenquietschend am Ende der Straße, zwanzig Meter vor uns lag die leere Kreuzung, die Ampel war rot, und kein 504. Haymann fuhr drei Meter über die Haltelinie, und wir sperrten alle die Augen auf, aber vergeblich.

«Das fängt ja gut an mit der Verfolgung», bemerkte ich.

«Sie sind schuld, Sie müssen ja immer rumdiskutieren!»

«Macht nichts», sagte ich. «Wir fahren auf den Pont de Neuilly.»

«Gut, Chef.»

Haymann startete. Wir bogen auf den Boulevard Malesherbes und steuerten in nordwestliche Richtung.

«Sagen Sie mal, Charlotte», fragte ich, «Renée Mouzon ist doch nach Ihnen in das Büro von Rose gekommen, stimmt's?»

«Nein, sie war schon drin. Sie ist nach mir in den Laden gekommen, aber ich mußte ja so lange rumdiskutieren und als ich dann endlich zum Großen Häuptling rein durfte, hängte sie gerade ihren Scheißregenmantel an die Garderobe.»

«Also ist sie heute morgen nicht ins Büro gekommen. Sie ist fürchterlich verkatert aufgewacht, hat sich Sorgen wegen Lionel gemacht und vielleicht den ganzen Vormittag versucht, ihn zu erreichen...»

«Der gute Lionel», rief Charlotte ruhig dazwischen.

«Vielleicht hat sie ihn sogar in Fontainebleau besucht und womöglich auch gesehen. Er ist nicht in Haft; man nimmt ja keine Leute fest, nur, weil sie im Wald eine Ladung Schrot abbekommen haben. Nun, als sie Viertel nach drei in der Stiftung aufkreuzt, sieht sie ihren Chef heute vermutlich zum ersten Mal. Sie ist deprimiert, den Tränen nahe. Ihr Chef stellt sie zur Rede, sobald Charlotte wieder raus ist. Gut, Renée heult los und erzählt ihm alles, auch, daß ich gestern bei ihr war. Und was dann abläuft – Kasper tanzt an und Renée Mouzon wird schleunigst weggebracht –, das ist alles darauf zurückzuführen.»

Über den Boulevard de Courcelles und die Avenue des Ternes fuhren wir extrem schnell in Richtung Neuilly. Der Alfa vibrierte.

«Das sind doch alles nur Vermutungen», meinte Haymann im Oberlehrerton.

«Na hören Sie mal! Jetzt ist es 16.30 Uhr. Von halb vier bis vier hatte Rose doch Zeit, seiner Sekretärin zuzuhören und Kasper anzurufen.»

«He!» rief Charlotte. «Glauben Sie, daß die sie kaltmachen?»

«Nein», meinte Haymann. «Klar, die sind nicht zimperlich, aber so hart nun auch wieder nicht. Die ziehen sie nur aus dem Verkehr.»

«Und fahren mit ihr ins Grüne», sagte ich.

Charlotte sah uns mit zusammengekniffenen Augen mißtrauisch an.

«Ja, einverstanden», sagte sie langsam. «Die bringen sie ins Grüne. Und warum fahren wir dann nach Neuilly und nicht nach Meaux, können Sie mir das mal verraten?»

Haymann und ich dachten etliche Sekunden über diese Frage nach. Dann trat Haymann plötzlich voll in die Bremsen und hielt an einem Gehsteig. Durch die Frontscheibe zeigte er auf eine Buchhandlung.

«Sie sind doch so ein pfiffiges Mädchen», sagte er zu Charlotte, «dann holen Sie uns gefälligst eine Michelin-Karte.»

Charlotte schimpfte drauflos und ging eine Michelin-Karte kaufen. Ich saß neben Haymann und sagte einen Augenblick erst mal nichts.

«So ein Mist!» rief ich schließlich. «Ich hab gesehen, wie die sie mitgenommen haben, und mir gedacht, daß sie nach Neuilly fahren, um einen Koffer und Sachen und so zu holen, und daß wir eine Chance hätten, sie wieder zu finden und zu verfolgen, Mist! Wirklich eine klasse Überlegung!»

«Ach was, Eugène», sagte Haymann. «Ihnen macht doch keiner einen Vorwurf.» Er sah verärgert geradeaus durch die Windschutzscheibe. «Es ist halt so, daß Frauen oft intelligenter sind als wir. Das ist zum Kotzen.»

Als Charlotte mit der Autokarte «150 Kilometer rund um Paris» zurückkam, starteten wir wieder, fuhren zunächst auf dem Périphérique, dann durch die östlichen Pariser Vororte und schließlich in Richtung Meaux. Wir fuhren nicht gerade schnell und zogen eine blaue Wolke aus verbranntem Öl hinter uns her. Wir beäugten mißtrauisch alle Autos, die uns überholten. Einerseits wäre ich erleichtert gewesen, wenn ich den 504 mit Renée Mouzon drin gesehen hätte, und froh darüber, daß die Dame nicht einfach in einem stillen Winkel als Leiche abgelegt worden wäre. Andererseits wäre es mir nicht sonderlich lieb gewesen, Seite an Seite mit Cedric Kasper durch die Gegend zu fahren.

Der 504 überholte uns jedenfalls nicht. Wir wurden noch ziemlich aufgehalten, weil an der Karre die Leerlaufdüse Schwierigkeiten machte, und als wir hinter Meaux auf die Hauptstraße des Zweihundertseelenkaffs Doutremart einbogen, wurde es bereits dunkel. Der Ort lag wie ein Y an einer sich gabelnden Landstraße, und fast jedes zweite Anwesen war ein Gehöft. Soweit man das in der hereinbrechenden Nacht beurteilen konnte, gab es hier Hügel und Bocage und jede Menge Viehweiden, aber auch fetten Boden, wo Mais und Zuckerrüben angebaut wurden. Ich kurbelte meine Scheibe runter und sog die Nachtluft ein.

«Machen Sie zu», sagte Haymann, «hier stinkt's nach Mist.»

«Nach Jauche», stellte ich richtig und drehte meine Scheibe wieder hoch. «Das ist ein Unterschied.»

«Der Unterschied ist mir scheißegal», erklärte Haymann überheblich. «Land, Kühe und Bauern find ich schrecklich.»

An einem Schenkel des Y, an dem wir gerade entlangfuhren, standen weniger Gehöfte, dafür aber mehr Wochenendhäuser, alle ziemlich häßlich. Die Ortschaft hörte plötzlich auf, Haymann bremste und hielt auf dem Seitenstreifen. Vor uns lag eine Steigung, wo die Straße nach rechts abzubiegen schien. Links war in vielleicht 800 oder 1000 Metern Entfernung undeutlich ein Hügel zu erkennen und oben zwischen den vielen Bäumen ein großes Gebäude, eine Art befestigtes Gehöft, mit vielen eng beieinanderliegenden Lichtern.

«Na, da haben wir's ja.»

«Gehen wir gleich zum Sturmangriff über?» wollte Haymann wissen und grinste geradezu angsteinflößend.

«Wir versuchen es zunächst auf die sanfte Tour. Wir fahren lieber in das Kaff zurück, was meinen Sie?»

Wir fuhren in das Kaff zurück. Als wir wieder die Hauptstraße entlangschlichen, wurden wir von kräftigen Scheinwerfern geblendet, und der 504 sauste mit aufheulendem Motor an uns vorbei.

«Drecksack», brummte Haymann.

Er hielt mit dem Alfa am Gehsteig. Charlotte und ich hatten uns umgedreht und sahen die Rücklichter des 504 in Richtung des festungsartigen Gehöfts verschwinden.

«Haben Sie gesehen, ob die Frau drinsaß?» fragte ich.

«Das könnt ich fast schwören», meinte Charlotte.

«Gute Augen haben sie außerdem noch», stellte Haymann fest.

Etwa 30 Meter von uns war ein Café-Tabak-Lebensmittelladen erleuchtet, anscheinend das einzige Geschäft im ganzen Ort. Wir stiegen aus dem Wagen und gingen hin. Drin war es heiß. Der Boden war gefliest, die Theke noch aus echtem Zink, das die Deutschen nicht mitgenommen hatten, an den Wänden prangten in aggressivem Vierfarbendruck Fotos von ebenso aggressiven Fußballmannschaften. Im Hinterzimmer starrten etwa zehn Bauern jeden

Alters (keine Frauen) auf einen Schwarzweißfernseher, in dem ein grautöniger Film lief.

«Was ist denn das?» murmelte Charlotte und hielt den Kopf schief.

«Das ist Pierre-Richard Wilm», antwortete Haymann. «Den können Sie nicht kennen, dafür sind Sie noch zu jung.»

«Natürlich, ja, das ist ‹Die Letzte Etappe›», meinte Charlotte, und Haymann blickte sie verstohlen an.

Der Inhaber, ein riesiger Bursche mit gelocktem Haar, Stupsnase und großer Schürze über dem gewaltigen Bauch, hatte sich inzwischen von einem Tisch im Hinterzimmer hochgequält, schlurfte hinter die Theke und erkundigte sich, was es sein dürfe. Haymann und die Kleine bestellten Grog, ich nahm einen Kaffee und fragte, ob ich telefonieren könne. Der dicke Bursche zeigte auf den Apparat auf der Theke und machte sich an der Kaffeemaschine zu schaffen. Ich rief an.

«Gemeinschaft Reformierter Skopzen, ich höre». Dieselbe sanfte Stimme wie beim letzten Mal.

«Guten Abend, Mademoiselle», sagte ich. «Ich rufe an, um mich wegen eines Aufenthalts bei Ihnen zu erkundigen.»

«Ja, Monsieur. Haben Sie eine Anmeldenummer?»

«Nein. Ich habe lediglich von Ihrer Institution gehört, und zwar nur das Allerbeste, ja und deshalb … Man muß sich vorher anmelden?»

«Es muß erst eine Akte angelegt werden, Monsieur. Dafür müssen Sie sich an unser Büro in Paris wenden.» Sie nannte mir eine Adresse.

«Das ist aber ärgerlich», sagte ich. «Ich habe nämlich einen ziemlich vollen Terminkalender. Ich bin Unternehmer, verstehen Sie?»

«Ja, Monsieur.» Es war ihr vollkommen egal.

«Ich konnte mich gerade völlig überraschend für ein

paar Tage freimachen, nicht wahr, und wäre gern, äh, sofort gekommen, eventuell morgen, sogar noch heute abend, wenn das möglich wäre.»

«Es tut mir wirklich leid, Monsieur.» Sie log, es war ihr mehr und mehr egal. «Aber es muß erst eine Akte angelegt werden. Und zudem sind wir momentan ausgebucht. Ich bedaure. Der Friede sei mit Ihnen, Monsieur.»

«Ja, mit Ihnen auch», brummte ich, aber sie hatte schon aufgelegt. Ich drückte mit dem Finger auf die Gabel und verlangte eine andere Nummer, aber da meldete sich niemand: Coccioli war nicht zu Hause. Ich ging zu Charlotte und Haymann, die am Tisch vor Tellern mit Wurst und sicher zwei Pfund schweren Brotstücken saßen.

«Alles klar?» fragte Haymann.

Ich gab keine Antwort, setzte mich zu ihnen und fing an, gedankenlos große Brocken Brot in mich reinzustopfen. Ich zückte einen Kugelschreiber, nahm Charlottes Papierserviette und kritzelte eine Art Organigramm darauf, das in etwa wie folgt aussah:

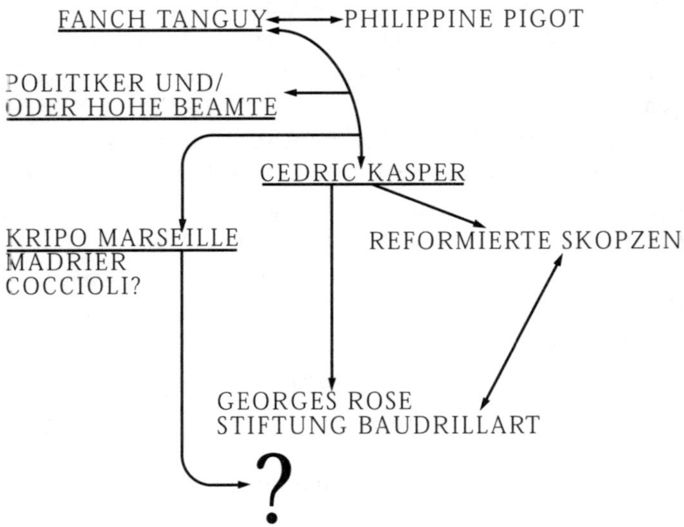

Ich hätte noch einige Namen hinzufügen können, Renée Mouzon, Marthe Pigot, Charles Pradier zum Beispiel, und noch weit mehr Verbindungspfeile, aber das hätte das Schema nicht verständlicher gemacht, denn verständlich war das Ganze ohnehin schon nicht. Interessant war lediglich das große Fragezeichen am Schluß.

Was kann die Finanzfahndung der Kripo in Marseille bloß entdeckt haben? schrieb ich unter das Fragezeichen, setzte an einer neuen Zeile wieder an, lutschte an meinem Kuli, schrieb dann *Was machen all diese Leute?* und zeichnete drei Pfeile dazu, die Tanguy, die Stiftung Baudrillart und die Skopzen mit dem großen Fragezeichen verbanden. Über meine Schulter hinweg sah Charlotte auf mein nunmehr unleserlich gewordenes Schema. Aber auf die beiden Fragen gab es nur eine Antwort, sagte ich mir, und wie ich so in Richtung Hinterzimmer sah, fiel mein Blick zufällig auf einen alten Bauern, der vollständig kahl war. Und in dem Moment erinnerte ich mich wieder, wo ich den Fahrer des 504 schon mal gesehen hatte.

«Verdammt», sagte ich.

Ich hob den Arm, um den Kellner zu rufen. Er riß sich widerwillig von der «Letzten Etappe» los.

«Soll ich Ihnen noch was bringen, Messieurs-Dames?»

«Nein», erwiderte ich, «aber ich möchte Sie was fragen.»

«Ich weiß, was», meinte Charlotte.

«Reden Sie keinen Blödsinn.»

«Ich wette zehntausend alte Piepen!»

«Soll das ein Witz sein, oder was?» fragte der Kellner.

«Nein, ich möchte Sie wirklich was fragen ...»

«Ja», sagte Charlotte seelenruhig. «In Ihrem bezaubernden Dorf stinkt es doch nach Jauche, und wonach noch?»

13

«Ist ja gut, alles bestens, wirklich ganz prima», brüllte Haymann auf der Rückbank, «Ich will ja gar keine Erklärung, aber die dumme Gans soll endlich aufhören, so rumzuglucksen, das geht einem ja auf den Geist.»

Wir fuhren in der Nacht in Richtung Paris. Ich saß am Steuer. Tatsache war, daß Charlotte an meiner Seite ständig nervtötend glucksend lachte.

«Ich muß über das Gesicht lachen, das Tarpon macht«, sagte sie.

«Ich mach überhaupt kein Gesicht.»

«O doch! Sie sind zornig, sehr zornig. Lieber Eugène, nicht nur Sie können Dinge erraten.»

«Erraten!» wiederholte ich wütend.

«Das war ja nicht sehr schwer. Ich will meine zehntausend Piepen gar nicht von Ihnen haben.»

«O doch!» sagte ich. «Die kriegen Sie!»

«Nein. Sie haben die Wette ja nicht angenommen.»

«Hören Sie mit Ihrem Zirkus nun bald mal auf?» fragte Haymann. «Wovon sprechen Sie überhaupt?»

«Wir sprechen von der Zehntausend-Piepen-Frage», sagte Charlotte. «Die Zehntausend-Piepen-Frage lautet: ‹Was stinkt hier so?›»

«Ja, richtig», sagte ich. «Geben Sie nur schön damit an.»

«Und die Antwort… und die Antwort lautet keinesfalls ‹der alte Bock›, wie Generationen von aufsässigen Pennälern Generationen von bärtigen Klassenaufsehern zu verstehen gegeben haben. Die Antwort lautet: die Reformierten Skopzen. Die Reformierten Skopzen stinken. Oder, um die Worte des reizenden Bauernbarkeepers wieder aufzugreifen, ‹die ganze Bande von Parisern und Bonzen da oben›.»

«Mir langt's, ich werd aus diesem Auto aussteigen», gab nunmehr Haymann zu verstehen.

«Weihrauch, Räuchergefäße, Dufthölzer, Sauna, Schwefelbäder, es steht außer Zweifel: die Gemeinschaft Reformierter Skopzen verpestet die Luft, schlimmer als es die Polizei erlaubt. Denken wir uns dann noch Aceton, Essigsäureanhydrid, Salzsäure, Weinsäure dazu, und wir stehen einem ganz typischen Fall von Umweltverschmutzung gegenüber. Mich würde mal deren Wasserrechnung interessieren, aber mit den ganzen Bädern und so ist das alles selbstverständlich gut getarnt.» Sie drehte sich zur Rückbank um. «Lieber Haymann, mit den Produkten, von denen ich spreche, können Sie auf der Basis von Morphin in einem nicht ganz einfachen und nicht ungefährlichen Verfahren Heroin herstellen.»

Wir verließen Meaux. Ich stellte die Scheibenwischer an, weil es anfing zu regnen. Ich sah, daß die Wischerblätter von Motten zerfressen waren und nicht viel brachten.

«Hören Sie mal», sagte Haymann nach einer ganzen Weile nachdenklich. «Sie sind aber mächtig in Chemie beschlagen.»

«Ich hab das studiert. Ihnen ist sicher aufgefallen, lieber Haymann, daß der große Detektiv Eugène Tarpon und ich gerade etwas herumspinnen. Und wir spinnen uns da sogar ziemlich dummes Zeug zusammen. Es gibt nämlich nicht viele Anhaltspunkte, von denen unser überwältigender Spürsinn geleitet wurde. Erstens, diese Geschichte hat ihre

Wurzeln in Marseille, Wurzeln, über die Madrier gestolpert ist, Friede seiner Asche. Und zweitens, eine pseudoreligiöse Gemeinschaft hat die Möglichkeit, Massen übelriechender Dünste abzulassen, ohne die Bauern zu erschrecken. Aber vielleicht stinken die Reformierten Skopzen wirklich bloß nach Weihrauch. Warum grinsen Sie, Tarpon? Sie wissen genau, daß wir ebensogut falsch liegen können.»

«Basieren Ihre Überlegungen wirklich nur auf diesen beiden genannten Punkten und sonst fällt Ihnen nichts weiter dazu ein?» fragte ich.

«Sie sollten ein bißchen langsamer fahren, man sieht ja überhaupt nichts», bemerkte Charlotte. «Was hätte ich denn noch bedenken müssen?»

«Nur etwas, das Sie gar nicht wissen können. Sehen Sie», sagte ich, «bevor dieser furchtbare Mist hier über mich hereingebrochen ist, war ich an einer ganz gewöhnlichen kleinen Sache dran, ein Apotheker verdächtigte seine Angestellten, in die Kasse zu langen.»

Ich erzählte ihnen von Monsieur Judes Problemen, wie ich besagten Alber Pérez nach Dieppe verfolgt hatte, wie er sehr große Summen beim «Chemin de fer» von einem Ami gewonnen hatte.

«Selbstverständlich schloß ich daraus, daß Albert Pérez in Judes Kasse langte. Daß er an jenem Abend ständig gewann, hielt ich für nicht so wichtig. Ich nahm an, daß er an den anderen Abenden verlieren würde. Ich nahm an, er hätte nur gerade eine Glückssträhne. Aber da war ich auf dem Holzweg. Sehen Sie, an dem Tisch saßen zwei Kerle, die dem Amerikaner packenweise Geld abgeknöpft haben. Albert Pérez und ein Kerl mit runder Birne und kahlgeschorenem Schädel. Der Fahrer des 504.»

«Verdammt, na klar!» sagte Haymann.

«Diesmal versteh ich nur Bahnhof», meinte Charlotte.

«Die Kerle sind keine Spieler. Die waschen Geld.»

«Ich versteh immer noch Bahnhof.»

«Man braucht weder dem Finanzamt, noch den Flics oder sonst jemandem zu erklären, wo das gewonnene Geld hergekommen ist, weil es ja vor Zeugen gewonnen wurde. Der Amerikaner in Dieppe verlor freiwillig gegen Pérez und den Fahrer. Der spielte überhaupt nicht mit denen. Er zahlte ihnen lediglich eine große Summe aus.»

Charlotte mußte das erst mal verdauen. Ich auch. Etwas ließ mir keine Ruhe, und auch da war sie wieder schneller als ich.

«Sagen Sie», rief sie plötzlich. «Das ist ja unglaublich!»

«Was ist unglaublich?»

«Na ja, Sie sind doch an der Geschichte mit den falschen Skopzen dran, und plötzlich machen die Drogen und haben Leute, die Knete beim Zocken und bei solchen Sachen für sie einsammeln; und ein paar Tage, bevor der ganze Mist anfängt, begegnen Sie rein zufällig einem von deren Kassierern? Sie müssen doch zugeben, daß das unglaublich ist.»

«Das ist unglaublich. Oder aber», sagte ich, «es war kein Zufall.»

Wir erreichten Paris gegen 22 Uhr. 22.15 Uhr parkten wir in der Nähe von Kumpel Jules Wohnung. Um 22.17 Uhr rief ich von dort aus bei Monsieur Jude an. Ich dachte nicht, daß ich bei ihm etwas erreichen würde, denn in den Augen von Monsieur Jude, dem ehrenwerten Apotheker, war ich sicher bloß ein von der Polizei zum Abschuß freigegebener Galgenvogel.

«Wo haben Sie denn nur gesteckt», rief Monsieur Jude. «Ich hab mindestens zehnmal bei Ihnen angerufen, nie ist jemand rangegangen.»

«Lesen Sie denn keine Zeitungen?»

«*L'Équipe.* Warum?»

«Ach, nur so. Keine Sorge, meine Ermittlung läuft bestens. Ich wollte Sie fragen, ob Sie seit Sonntag irgendwas unternommen haben, ob Sie nicht zufällig die Polizei angerufen oder mit Albert Pérez gesprochen haben.»

«Wenn ich das doch nur getan hätte!» schrie Jude. «Wissen Sie, daß der kleine Scheißer abgehauen ist?»

«Na klar», log ich schnell, denn Monsieur Jude war schließlich mein Klient. Ich hatte keinen anderen Klienten und ich wollte ihm noch eine offene Rechnung von ungefähr dreitausend Franc präsentieren, wenn die ganze Geschichte mehr oder weniger geklärt wäre; und das waren die einzigen Einkünfte, die ich in Aussicht hatte. «Na klar», meinte ich wieder, «aber keine Sorge, er bestiehlt Sie nicht.»

«Er bestiehlt mich nicht?»

«Er hat das gar nicht nötig. Ich hab keine Zeit, um Ihnen das zu erklären, aber ich bin mir da ganz sicher. Woher wollen Sie eigentlich wissen, daß er abgehauen ist?»

«Woher? Ja, äh, er ist doch am Montagnachmittag nicht zur Arbeit gekommen, also hab ich versucht, ihn ans Telefon zu kriegen, aber da hat sich niemand gemeldet, und gestern bin ich zu ihm gegangen, es war niemand da, und die Fensterläden waren geschlossen. Er ist abgehauen, das ist klar.»

«Aha, danke. Keine Sorge», meinte ich zum dritten oder vierten Mal im Befehlston. «Die endgültigen Ergebnisse bekommen Sie in ein paar Tagen. Ich halte Sie auf dem laufenden.»

«Na aber... he! Halt!» schrie Monsieur Jude, und ich unterbrach die Verbindung.

Haymann und Charlotte waren in eine Partie China-Schach vertieft. Ich beobachtete sie einen Augenblick. Das Spiel bestand aus gleichförmigen Steinen, die sich nur durch aufgemalte Schriftzeichen unterschieden. Ich verstand die Schriftzeichen nicht und die Stellung erst recht nicht. Die beiden Spieler bemerkten gar nicht, daß ich leise aus dem Zimmer ging und die Wohnung verließ.

Ich stellte den Alfa in der Rue Championnet auf einem Fußgängerüberweg ab. Ich ging zu Albert Pérez hoch. Es gab keine Mieterliste in der Eingangshalle, aber ich hatte ja noch die genaue Adresse des Laboranten, einschließlich der Nummer seiner Wohnung, unterm Dach, ganz oben in dem Bürgerhaus, das ziemlich gut in Schuß war.

Oben angekommen entsicherte ich die tschechische Pistole. Als ich an die Tür klopfte, sah ich, daß sie etwa zwei bis drei Zentimeter offenstand. Ich stieß sie mit der Fußspitze auf.

Ein ehemaliges Dienstmädchenzimmer, in einer Ecke ein Ausguß und ein Kocher auf dem Boden an einer Wand. Es war nur Platz für einen Schrank, zwei Stühle und ein großes Bett. Ansonsten ein ziemliches Durcheinander, auf dem Dielenboden lagen Socken und schmutzige Hemden herum, zwei Krawatten hingen am Fenstergriff, die Fensterläden waren geschlossen. Wäre das Zimmer gefilzt worden, hätte es anders ausgesehen.

Über dem Bett hing ein großes, plastifiziertes Poster: Ursula Andress, nackt. Zu Füßen von Ursula Andress, neben einer brennenden Nachttischlampe mit rotem Schirm, saß Albert Pérez mit dem Rücken an die Wand gelehnt auf dem Bett. Er hatte schwarze Löcher in der Brust und einen Klumpen geronnenes Blut auf dem Bauch. Er mußte bereits eine ganze Weile tot sein, denn er roch schon etwas, außerdem waren mehrere Fliegen im Zimmer, und das mitten im November.

Ich durchsuchte flüchtig den Raum, wobei ich darauf achtete, keine Fingerabdrücke zu hinterlassen. Auf dem Boden fand ich zwei abgeschossene Patronenhülsen mit der Aufschrift SUPER-X und 45 AUTO. Im Schrank Kleidung, und in einem Pappkarton 1 500 Franc in Hundertern zusammen mit einigen Sachen, wie wir alle sie haben: alte Liebesbriefe, das Foto eines betagten Ehepaars vor der Haustür, der Wehrpaß. Ich steckte das Geld ein. Und ging.

Als ich in die Wohnung von Kumpel Jules zurückkam, spielten Charlotte und Haymann immer noch Schach. Sie hatten offensichtlich nicht einmal bemerkt, daß ich überhaupt weg gewesen war. Ich nahm das nach Straßen geordnete Telefonverzeichnis, fand die Liste der Fernsprechteilnehmer vom Square Saint-Lambert und ging sie durch. Ich fand die gesuchte Adresse.

«Matt», verkündete Charlotte.

«Kleines Miststück», antwortete Haymann.

Ich sah auf das Schachbrett. Die Stellung verstand ich noch immer nicht. Haymann blickte zu mir hoch.

«Ich glaub, ich hab's», sagte er. «Ich will ihre Kanone mit meinem Elefanten schlagen oder ihren Wagen mit meinem Mandarin, aber ich darf nicht beide gleichzeitig schlagen. Sie sind ja ganz blaß Tarpon, geht's Ihnen nicht gut?»

«Bin nur etwas müde», erwiderte ich und tippte mit dem Finger auf das Schachbrett: «Aber wenn Sie das Ding da mit dem Ding da schlagen», meinte ich, «sind Sie doch gedeckt, oder?»

«Nein. Weil die Kanone über den Mandarin Schach bietet. Das ist das Gegenteil von aufgedecktem Schach, Tarpon. Man muß erst ein Ding dazwischen vor sich stellen, bevor man mit der Kanone Schach bieten kann.»

«Ja», sagte ich. «Genauso hat Coccioli das mit mir gemacht.»

«Wohin gehen Sie?» fragte Charlotte, aber ich war schon auf der Treppe.

Am Square Lambert blieb ich eine Weile im geparkten Alfa sitzen und beobachtete den Eingang von Cocciolis Haus und die gesamte Umgebung. Der Polizist schien nicht mehr beschattet zu werden, denn ich sah niemanden. Ich ging ins Haus. Ein Kärtchen mit Cocciolis Namen steckte in einem kleinen Plastikding über einem Klingelknopf im Erdgeschoß. Ich drückte energisch drauf.

Coccioli öffnete mir. Er stand im Hemd da, die Ärmel

bis zum unbehaarten Bizeps hochgekrempelt, mit gelockerter Krawatte, nicht sehr sorgfätig gekämmt.

«Sie kommen wie gerufen», sagte er.

Ich stieß ihn mit der flachen Hand zur Seite und trat in die Wohnung. Und schlug die Tür mit dem Absatz zu.

«Schon gut, schon gut, Tarpon», sagte Coccioli. «Wir wollen nicht nervös werden.»

Ich packte ihn an der Krawatte, drückte ihn gegen die Wand, ohne die Krawatte loszulassen, und schleuderte ihn dann in die andere Richtung gegen die andere Wand. Sein Hinterkopf schlug hohl gegen den Putz, Coccioli fiel mit schmerzverzerrtem Gesicht zu Boden, blieb an der Wand sitzen und massierte sich den Kopf. Ich zog die 7,65er aus meiner Tasche und lud sie durch.

«Sie werden mir jetzt was über Albert Pérez erzählen. Und alles andere auch. Oder ich leg Sie auf der Stelle um. Ich hab nämlich nichts mehr zu verlieren.»

«Ach was», meinte Coccioli scheißfreundlich, «Sie werden doch nicht auf mich schießen.»

«Verdammt noch mal!» brüllte ich. Nicht, daß ich die Nerven verloren hätte, so was tut nur hin und wieder einfach mal gut.

«Das reicht», sagte Coccioli mit weniger freundlichem Gesicht. «Beruhigen Sie sich. Albert Pérez war mein Informant, wenn Sie es genau wissen wollen. Er ist bei sich zu Hause, Rue Championnet, und tot, ich nehme mal an, das wissen Sie schon. Die haben ihn wahrscheinlich am Sonntag oder am Montagmorgen abgeknallt. Legen Sie Ihre Waffe auf den Boden.»

«Ja, Tarpon, legen Sie sie auf den Boden», riet Kommissar Chauffard, der hinter mir die Tür zum Wohnzimmer aufgemacht hatte und einen Revolver S & W Terrier auf mich richtete.

14

Normalerweise sollte man Leute, die eine Schußwaffe auf einen richten, ernst nehmen. Aber ich kicherte los, weil ich trotz allem leicht entnervt war, das können Sie mir glauben; mit der linken Hand riß ich den Terrier aus Chauffards rechter Hand, und mit meiner Rechten schlug ich ihm mit der 7,65er ins Gesicht.

«Tarpon, was soll das? Also wirklich», sagte Coccioli, während Chauffard rückwarts ins Wohnzimmer schwankte und schließlich grunzend auf seinen Hintern fiel; er fuhr mit den Fingern über sein Gesicht, an dem etwas Blut herunterlief.

Ich ging ins Wohnzimmer zu Chauffard. Die Pistole hielt ich am Griff, den Terrier am Lauf. Meine Unterlippe zitterte, und meine linkes Augenlid zuckte. Chauffard blieb auf dem Teppich sitzen und schniefte ärgerlich in seinen Schnurrbart. Im Raum war noch ein dritter Hemdsärmliger, nicht allzu groß, so um die Vierzig, sehr langer Oberkörper und zu kurze Beine, ein rundliches Gesicht und graues lockiges Haar, das aussah wie Stahlwolle. An der rechten Schulter hatte er ein leeres Holster, in der linken Hand den gleichen Terrier wie den, den ich am Lauf hielt. Er zielte nicht auf mich. Ich ging auf ihn zu. Er legte seinen Revolver auf den Tisch und setzte sich auf einen Stuhl. Ich hätte ihm am liebsten die Knarre auf den Kopf gehauen, doch er sah mich friedlich und ein bißchen traurig an. Auf dem Tisch stand eine Fayencesuppenschüssel auf einer Fayenceplatte. Ich warf meine beiden Waffen auf den Boden. Ich packte die leere, staubige Suppenschüssel und knallte sie auf die Platte. Alles zersprang in große Stücke.

«O nein, Scheiße, mein Moustiers!» stöhnte Coccioli, als er ins Zimmer kam.

Ich drehte mich zu ihm um, zu neuer Gewaltausübung bereit, aber auch er setzte sich gleich auf einen Stuhl.

«Ist Ihre Nervenkrise jetzt vorbei, oder was?» fragte der Mann mit dem Stahlwollehaar, und Coccioli rief: «Sie sind fies, Tarpon, das ist altes Moustiers, ein Erbstück, und kostet noch dazu eine Stange Geld, Sie enttäuschen mich wirklich.»

«Und Sie», sagte ich ziemlich ruhig. «Sie? Sie sind wohl kein Fiesling. Sie sind wohl kein Fiesling?» Ich hob meinen Arm und drückte mit zwei Fingern in meinen linken Augenwinkel; das Zucken hörte auf.

«Ich hab nach bestem Wissen und Gewissen gehandelt», sagte Coccioli. «Sie kommen und gießen hier Öl ins Feuer, bei einer Sache, die ich nicht ganz im Griff habe, einer äußerst heiklen Sache. Wir alle hier riskieren mindestens unseren Job und vielleicht sogar unser Leben.»

«Ich höre», meinte ich. «Ich möchte Ihnen keine Fragen stellen, denn dann werd ich vielleicht erst richtig wütend. Ich höre Ihnen nur zu.»

«Gern», erwiderte Coccioli gereizt, und ich setzte mich an den Tisch; ich stieß gegen das Knie des Mannes mit dem Stahlwollehaar; er nickte mir verschmitzt lächelnd zu.

«Kommissar Grazzelloni. Rauschgiftdezernat.»

«'ngenehm.»

«Gleichfalls.»

«Keine Ursache!» brüllte ich.

«Albert Pérez war mein Informant», wiederholte Coccioli und stützte sich mit den Ellenbogen auf den Tisch. «Ich hatte ihn seit etwa zwei Jahren wegen einer kleinen Sache in der Hand, ist aber nicht so wichtig, gehört nicht hierher. Ein komischer Kauz, dieser Pérez, ein anständiger Laborant bei Tag und ein Möchtegern-Ganove bei Nacht, einer von diesen Hornochsen, die gern in den Kneipen von Montmartre und anderswo rumlungern, um da mit Gangstern in Kontakt zu kommen, um denen hin und wieder einen kleinen Gefallen zu tun, sich mit ihnen anzufreunden, so ein Vogel eben. Informant für die Polizei zu sein hat ihn aber, glaub ich, noch mehr gereizt. Komischer Kunde. Tickte nicht ganz richtig. Gott hab ihn selig!»

Chauffard war wieder aufgestanden. Er hatte eine Schnittwunde am Jochbein, und aus der Nase lief ihm noch etwas Blut. Er besah sich in einem Spiegel mit Goldrahmen und befühlte mit verärgertem Gesicht seine Nase. Dann kam er zu uns und blickte mich dabei feindselig an. Er setzte sich ebenfalls, griff nach einem angefangenen Pack mit kleinen Flaschen Kronenbourg und bot sie rundum an. Ich nickte. Er öffnete mit der bloßen Hand eine Flasche und reichte sie mir. Ich schlürfte genüßlich.

Unterdessen hatte Coccioli weiter erzählt. Vor vier oder fünf Monaten hatten einige Ganovenkumpel von Albert Pérez letzterem, der gern spielte, angeboten, sich seinen Lebensunterhalt durch Glücksspiel zu verdienen, hier und da in Pariser Zockerkreisen und in Casinos der Umgebung, hauptsächlich aber in der Normandie, Geld zu waschen. Er hatte zugesagt, ohne Coccioli überhaupt gefragt zu haben.

«Ich hab wie immer einen kleinen Routinebericht abgeliefert», sagte der Kripobeamte, «ohne meine Quelle zu nennen, und ging der Sache in meiner freien Zeit nach. Ich wußte nicht, wohin mich das führen sollte. Ich hatte dem überhaupt keine Bedeutung beigemessen, weil Pérez eine ziemliche Niete ist. Nur, nach drei Monaten waren dem so um die fünfzig Millionen alte Franc durch die Hände gegangen. Und da war manchmal noch ein Typ, der mit Pérez zusammen abkassierte. Und vielleicht noch andere Kerle, die gleichzeitig in anderen Clubs kassierten. Nehmen wir mal an, fünf oder sechs insgesamt. Multiplizieren Sie fünfhunderttausend neue Franc mit fünf oder sechs, dann ist das keine kleine Sache mehr. Ganz und gar nicht.»

«Von wem kam das Geld, waren das Amerikaner?»

«Vor allem Amerikaner. Auch Deutsche. Und ein- oder zweimal Italiener.»

«Haben Sie herausgefunden, woher die Knete stammte?»

«Ich hab Berichte geschrieben», erwiderte Coccioli mit verdrossenem Gesicht.

«Und Pérez», fragte ich, «was hat der mit dem Zaster gemacht?»

«Er hat ihn jeden Montagmorgen in einem Bistro an der Place Saint-Augustin hinterlegt. Die Sache weiter nach oben zu verfolgen, das war nicht mehr ganz so einfach. Den Kerl vom Bistro wollte ich dazu nicht befragen, weil ich nicht wußte, ob er den Koffer bloß für jemanden aufbewahrt oder ob er selbst ein Glied in der Kette ist. Ich hätte beantragen können, die Kneipe mit einem Dutzend Flics rund um die Uhr beschatten zu lassen, aber das war ja schließlich mein Fall, ich wollte so weit wie möglich allein vorstoßen, wie ein ganz Großer.»

«Also wirklich!»

«Nichts, also wirklich», fuhr Chauffard dazwischen. «Zum Glück hat Coccioli allein weitergemacht. Wenn er Verstärkung angefordert hätte, dann hätte man ihm die Sache entzogen, und nichts wäre passiert.»

«Sie übertreiben», sagte ich.

«Nein», meinte Coccioli klipp und klar. «Weil es mich meinen Kopf gekostet hätte, sobald ich nur etwas weiter nach oben vorgestoßen wäre. Ich hab drei Wochen gebraucht, bis ich den Kerl ausfindig gemacht hatte, der immer den Koffer aus der Kneipe abgeholt hat. Ein ordentlicher Typ, sauberer Bürger, Ehrenlegion und so, der jeden Tag seinen Kaffee dort trank, bevor er wieder ins Büro ging.»

«In die Stiftung Stanislas Baudrillart», half ich ihm nach.

Coccioli sah mich an.

«Genau. Georges Rose war dieser Kerl. Der ist der Chef von dem Ganzen.»

«Ich weiß.»

Coccioli machte ein Bier mit dem Flaschenöffner auf.

«Auf diesem Niveau überstieg das meine Möglichkeiten. Ich hab noch einen Bericht abgegeben, einen sehr scharfen diesmal, wenn Sie verstehen, was ich meine.»

Ich nickte. Ich verstand. «Sehr scharf» hieß in Cocciolis Augen wahrscheinlich, daß mehrere Ausrufezeichen dringestanden hatten.

«Achtundvierzig Stunden später», fuhr der Kripobeamte fort, «fiel Kommissar Madrier über mich her. Er hatte meinen Bericht gekriegt, was nicht normal war, der hätte nicht bei ihm landen dürfen, zumindest nicht so schnell. Er sagte mir, ich solle die Finger davon lassen.»

«Weshalb denn?»

«Ach, er hat mir eine ziemlich glaubwürdige Geschichte erzählt, daß ich da in was eingreife, weil die Stiftung Baudrillart schon überwacht werde, und zwar von ihm persönlich, und daß bei dem Fall ganz verwickelte Zusammenhänge bestehen, die ich nicht kenne, und das beste, was ich machen könne, sei, ihn in Frieden zu lassen, damit er in Ruhe ermitteln könne, in seinem Tempo usw., usw.»

Coccioli seufzte, schnappte sein Bier und trank Dreiviertel der kleinen Flasche in einem Zug aus. Der Flaschenboden knallte auf den Tisch, als Coccioli seinen Arm wieder runternahm. Schaum hatte sich gebildet, der fast bis zum Flaschenhals reichte.

«Und ganz nebenbei hat Madrier wissen wollen, von wem Sie Ihre Informationen hatten», sagte ich.

«Richtig, ganz nebenbei. Ich hab mich geweigert.»

«Da wird er sich bestimmt gefreut haben.»

«Er schien mir das nicht übelzunehmen. Wissen Sie, es gilt nicht als unhöflich, wenn man sich weigert, seine Informanten preiszugeben, selbst unter Freunden nicht.»

«Unhöflich», wiederholte ich. «Das Wort gefällt mir, vor allem in dem Zusammenhang. Und dann? Dann kam ich angetanzt, oder?»

«Noch nicht ganz. Zuerst ist Philippine Pigot verschwunden.»

«He, he!» meinte ich.

«Doch! Beim Haupt meiner Mutter, reiner Zufall! Marthe Pigot hatte eine Schwester in der Provinz, eine gute Bekannte meiner Tante. Selbstverständlich wußte ich nichts von dieser Schwester, von Marthe Pigot und von Philippine. Aber wenn unsere gewitzten Burschen zu einer ganz großen Organisation gehören, und das muß so sein, wenn sie solche Unmengen Geld umwälzen, dann konnten sie sicher auch ihre gesamten Angestellten unter die Lupe nehmen, Akten anlegen usw. Zwischen Philippine Pigot und mir gab es eine indirekte Verbindung. Von Madrier wußten sie, daß ich einen Informanten bei ihnen hatte. Adieu Philippine. Ich nehm mal an, daß ihre Leiche in den nächsten Tagen gefunden wird.»

Jetzt mußte ich zur Flasche greifen. Ich trank mein Bier auf ex, stieß mit offenem Mund einen tiefen Seufzer aus und wischte mir den Bart aus Schaum von der Oberlippe. Ohne hinzusehen öffnete Chauffard noch ein Kronenbourg und stellte es vor mich hin.

«Danke», sagte ich zu Chauffard und meinte dann zu Coccioli: «Aber Fanch Tanguy, Fanch Tanguy und die ganze Scheiße?»

Coccioli zuckte mit den Schultern.

«Wahrscheinlich», sagte Grazzelloni, der eine sehr ruhige, warme und äußerst klangvolle Stimme hatte, die überhaupt nicht zu seinem Aussehen paßte, «wahrscheinlich gibt es da gar keine Verbindung. Fanch Tanguy war ein französischer Gestapo-Mann, der '44 vom Maquis abgeknallt wurde. Mutter Pigot hat sich aus irgendeinem Grund eingebildet, daß er noch irgendwo lebt und daß er sich Philippine geschnappt hat. Das war nur so eine Idee von ihr. Falsche Fährte, Tarpon.»

«Marthe Pigot», sagte ich, «wurde umgelegt, weil sie von Fanch Tanguy gesprochen hat.»

«Sie wurde umgelegt, weil sie Philippines Mutter war und einfach zu viel über die Stiftung Baudrillart wußte. Das ist alles.»

«Na gut», sagte ich. Ich drehte mich zu Coccioli. «Aber jetzt bitte die Fortsetzung. Ich seh schon, die Fortsetzung Ihrer Geschichte wird mir bestimmt noch besser gefallen.»

«Nun, mit der Fortsetzung, da wären wir jetzt mittendrin in dem ganzen Kuddelmuddel. Sie haben angefangen, Albert Pérez zu beschatten. Er hat Sie nicht bemerkt, aber einer seiner Kollegen, ein anderer Geldkassierer, meine ich.»

«Sagen Sie ruhig, daß ich ungeschickt bin, wo Sie nun schon einmal dabei sind.»

«Allein kann man niemanden mit einem Auto observieren», erklärte Chauffard entschieden. «Ausgesprochen idiotisch, so was auch nur zu versuchen.»

«Sie haben das im Auftrag von Pérez' Chef gemacht, nehm ich mal an? In der Apotheke langt ein Mädchen in die Kasse. Perez hat da mal was verlauten lassen, eine Huguette Sowieso ...»

«Ach so», sagte ich. «Ah ja, verstehe.»

«Um es kurz zu machen», meinte Coccioli, «das war halt verdammt unangenehm. Und gleichzeitig löcherte mich die alte Pigot. Da kam mir plötzlich eine Idee.»

«Sie Drecksack», bemerkte ich.

«Ich wollte diskret an der Sache dranbleiben. Doch auf einmal hab ich mir gesagt, vielleicht muß man ja gar nicht diskret vorgehen. Vielleicht ist es sogar besser, mit Pauken und Trompeten einen Kerl vorzuschicken, der diesen ganzen Bösewichten mal ein bißchen Angst einjagt. Aber gezwungenermaßen mußte ich in Deckung bleiben. Wenn ich Sie eingeweiht hätte ...»

«Großartig», sagte ich. «Wunderbar. Zufällig beschatte ich zwei Kassierer einer großen Gang. Ich hab keinen blassen Schimmer. Dieselbe große Gang hat gerade ein junges Ding verschwinden lassen und sie wahrscheinlich kaltgemacht, Sie setzen mich sofort über das Verschwinden der Kleinen in Kenntnis, und ich hab noch immer von nichts eine Ahnung. Wissen Sie, was ich an deren Stelle gemacht hätte?»

«Na ja ...»

«Ich hätte mich erschossen», brabbelte ich hastig. «Ich hätte Eugène Tarpon sofort erschossen, auf der Stelle, ich hätte nicht mal so lange mit allem gewartet wie die.» Plötzlich zuckte mein linkes Augenlid wieder; ich stand auf und riß dabei den Stuhl um. «Verdammt», meinte ich fast leise. «Sagen Sie mir jetzt bloß nicht, daß Ihnen das nicht auch in den Sinn gekommen ist.»

«Na ja, äh, doch», sagte Coccioli, «ein Risiko war es schon, ich hab Ihnen ein Risiko aufgehalst, ich kann gut verstehen, daß Sie wütend sind.»

Ich stapfte durch den Salon. In einem Büffet stand hinter Glasscheiben eine Menge altes Moustiers-Geschirr.

«Sie mieses, kleines Arschloch», sagte ich, «das Risiko stört mich nicht, sondern was ganz anderes. Verstehen Sie das?»

Ich gab keine weiteren Erklärungen ab. Ich packte das Buffet und kippte es nach vorn. Coccioli stieß einen gellenden Schrei aus. Das Buffet schlug auf die Tischkante. Ich habe die Freude, sagen zu dürfen, daß Buffet und Tisch kaputtgingen. Die Tischkante knickte ab, eine Seite des Buffets barst, alle Scheiben zersprangen unter dem Sturzbach aus Geschirr; Teller, Platten Tassen, Untertassen, Teekannen, Schalen, Saucieren und Senftöpfe zerbrachen mit einem Höllenlärm auf dem Boden.

«Sie sind ja verrückt Tarpon! So tut doch was!» schrie Coccioli den beiden anderen zu, die sich nicht gerührt hatten.

«Ja, wo es nun schon passiert ist», meinte Chauffard.

«Sie wissen doch, mein guter Coccioli», sagte Grazzeloni, «bei solchen Angelegenheiten gibt's immer irgendwelche Scherben.»

Ich setzte mich wieder, an das, was von dem Tisch übriggeblieben war. Ich blickte zu Chauffard. Der sah mich offenbar ein bißchen amüsiert und doch auch etwas vorwurfsvoll an.

«Jetzt geht's mir besser», äußerte ich.

«Sie haben da gerade so um die 8 000 zu Bruch gehen lassen», erklärte Coccioli bissig.

«Coccioli», sagte Grazzelloni, «seien sie nicht so kleinlich.»

«Was ist das hier?» fragte ich und sah dabei abwechselnd zu den beiden Kommissaren. «Eine Versammlung anständiger Flics? Sie sind nur zu dritt.»

«Von mir aus dürfen Sie spotten, soviel Sie wollen.» Grazzelloni seufzte.

«Das Recht zu spotten muß einem nicht erst zugestanden werden», widersprach ich entschlossen. «Aber mir ging es gar nicht um Spott. Sie sind bloß zu dritt; könnten es vielleicht fünfzehn oder zwanzig sein?»

«Wenn es bloß um eine Versammlung geht ...»

«Es geht darum, den üblichen Rechtsweg mal nicht einzuhalten und eine Durchsuchung ohne entsprechenden Beschluß durchzuführen. Es geht darum, die Scheißmafia auffliegen zu lassen, ihr Labor kurz und klein zu schlagen und fünf oder sechs Dreckskerle oder vielleicht auch zwölf, ich weiß nicht, wieviele, zu kassieren und die so lange in den Arsch zu treten, bis sie die Wahrheit ausspucken, so, um mehr nicht!» Ich holte Luft. «Gefällt Ihnen das?» fragte ich.

«Sie wissen, wo das Labor von denen ist?»

«Haben Sie nun fünfzehn oder zwanzig Männer, ja oder nein?»

«Fünfzehn, das könnte zu schaffen sein », meinte Chauffard.

«Außerdem müßte das Ganze in etwa nach meinen Vorstellungen ablaufen, denn es wird kein leichtes Spiel.»

Ich erläuterte Ihnen meinen Plan. Sie hatten noch nie was von der Gemeinschaft Reformierter Skopzen gehört und waren höchst interessiert. Allerdings gab es nach sechs oder sieben Sätzen jedesmal einen empörten Aufschrei, sie fielen mir ins Wort und erklärten mir, wie gefährlich und zwecklos mein Vorhaben sei. Sie waren der Meinung, vorerst reiche es, bei den Reformierten Skopzen eine Razzia zu machen.

«Ach ja, bravo!» sagte ich. «Warum stellen Sie nicht gleich noch ein offizielles Rechtshilfeersuchen.»

«Nein, bloß nicht, die haben doch ihre Zuträger überall, auch in unserer Behörde.»

«Und wenn Sie ohne Durchsuchungsbefehl über die herfallen, und die ihr Labor ausgeräumt haben, wie stehen Sie dann da? Und was ist mit Ihrer schönen Beamtenlaufbahn? Und die, wie lange könnten die hinterher in aller Ruhe weitermachen?»

«Da ist was dran», sagte Chauffard.

Ich sah ihn an. Von den dreien mißtraute ich ihm am wenigsten. Coccioli war ein undurchsichtiger Kunde, er wollte vor allem immer auf der Gewinnerseite stehen, wenn ich mir so unzusammenhängende Vergleiche erlauben darf. Grazelloni hatte etwas zu Zivilisiertes an sich, er war zu höflich, fast mondän. Der baute gern Konflikte ab und trug den Dingen Rechnung. Doch Chauffard in seiner Leibesfülle, mit seinem Schnurrbart, seiner Pfeife und seinem eingeschränkten Wortschatz, Chauffard war ein Bauer; genau wie ich. Vor langer Zeit war ich mal aufrichtig davon überzeugt, daß es richtig ist, ein Bulle zu sein, daß man Recht und Ordnung dient, wenn man Übeltäter unschädlich macht. Als ich Chauffard sah, fiel mir wieder ein, daß ich das früher gedacht hatte.

«Ich bin dabei», sagte Chauffard.

«Danke.»

«Keine Ursache.»

«Zunächst möchte ich Sie bitten, mir bei einem Einbruch behilflich zu sein», erwiderte ich.

15

Das wurde eine unangenehme, lange Nacht. Zunächst begaben wir uns in Chauffards verrottetem 404 in die Avenue Émile Deschanel, zu der Adresse, die mir die sanfte Telefondame der Reformierten Skopzen genannt hatte, und brachen in das Pariser Büro der Sekte ein. Coccioli schwitzte Blut und Wasser.

Ein Wartezimmer mit Zeitschriften, an der Wand Reproduktionen von Füssli-Bildern, und dann zwei Büroräume, der eine diente offensichtlich dazu, Besucher zu empfangen, der andere war mit Aktenschränken vollgestellt. Überall lagen Broschüren über Yoga, Sauna, Heilen durch Pflanzen und die wahre Botschaft des Sri Dugashvilli oder anderer Hampelmänner rum. Und es gab die Klientenkartei. Auf einem Aktenordner stand ABGELEHNTE KANDIDATEN, darin fanden wir Fragebögen, die von einem Arzt, zwei Chemie-Ingenieuren und noch anderen ausgefüllt worden waren. Warum die anderen abglehnt worden waren, war auf den ersten Blick nicht ersichtlich, bei den Chemikern war es klar und bei dem Arzt auch.

Es gab noch einen dickeren Ordner mit Fragebögen von angenommenen Kandidaten. Die Unterlagen waren sehr genau, nicht nur Name, Vorname, Adresse, Geburtsdatum usw., sondern auch Lebenslauf und Werdegang, außerdem Größe, Gewicht, Haarfarbe, Augenfarbe, es hätten bloß noch die Fingerabdrücke gefehlt. Rechts oben befand sich ein Registerfeld mit einem handschriftlichen Vermerk: *Aufnahme 16.11.* oder *Aufnahme 18.11., Aufnahme 19.11.* usw. Wir hatten den 17. November, das waren also die Leute, die in dieser Woche entweder schon aufgenommen worden waren oder noch kommen sollten. Ich suchte nach einer Anmeldung für morgen – eigentlich für heute, denn es war ja schon ein Uhr früh.

«Jetzt sind Sie angeschmiert», meinte Grazzelloni über meine Schulter hinweg zu mir. «Das sind nur Ehepaare.»

«Na gut, mein Gott, », sagte ich, «dann nehm ich halt eine Frau mit, und ich weiß auch schon, welche.»

«Sie wissen, wenn Sie diesem Kasper oder irgend jemandem begegnen und der Sie wiedererkennt, kann das sehr gefährlich für Sie werden. Und da wollen Sie auch noch eine Frau mitnehmen?»

«Lassen Sie mich in Ruhe», murrte ich.

Ich war ziemlich wütend. Ich weiß nicht, auf wen.

Kurz darauf räumten wir alles sehr sorgfältig wieder weg und verschwanden, ohne eine Spur zu hinterlassen. Wir hatten uns für die einzigen Neuzugänge des nächsten Tages entschieden. Ein Ehepaar aus Versailles. Wir trafen 2.30 Uhr bei ihnen ein.

Wir mußten lange klingeln, ehe sie wach wurden, dann endlose Debatten durch die Tür führen, und Chauffard war schließlich gezwungen, seinen Polizeiausweis unter der Tür durchzuschieben, damit sie aufmachten.

Am Abend vorher hatten sie eine Fete. In ihrem Wohnzimmer jede Menge ungeleerter Aschenbecher, stehengelassener schmutzige Gläser, Stapel aus den Hüllen genommener Schallplatten. Auf der Tischdecke Krümel, Zigarettenasche, Weinflecken und Untersetzer. Die beiden hatten bestimmt zwei Promille im Blut, vielleicht auch mehr, so daß sich unser erstes Problem als ein reines Verständigungsproblem herausstellte.

Das zweite war finanzieller Art. Sie hatten der Gemeinschaft Reformierter Skopzen für ihren Aufenthalt zweitausend Franc im voraus bezahlt. Die mich begleitenden Polizisten hatten nur sehr wenig Geld bei sich. Um das zu regeln, mußte ich die 1500 Franc aus der Wohnung von Albert Pérez rausrücken und noch 500 Franc drauflegen, die aus der Beute stammten, als ich zunächst Kasper und dann den Mann im Hemd ausgenommen hatte.

Doch zuvor waren wir auf ein noch viel schwerwiegenderes und scheinbar unlösbares Problem gestoßen. Unsere Vögel hatten nämlich gezögert, überhaupt mit der Polizei zusammenzuarbeiten. Sie hätten das auch strikt ablehnen können. Auf dieses Verhalten stößt man immer öfter, und das in den unterschiedlichsten Gesellschaftsschichten. Es steht mir aber nicht an, die unterschiedlichen Schichten zu rügen. Unsere Vögel – Madame und Monsieur Jacques Blondeau, um genau zu sein – waren aber zum Glück extrem rechts eingestellt, bei ihnen handelte es sich um die volkstümlichste und reaktionärste Variante aller Zögerer, ein Beweis dafür lag auf der Tischkante, die Wochenzeitung *Minute*, volkstümlich und reaktionär. Einen Augenblick lang sah es so aus, als ob die offiziösen Verhandlungen zwischen meinen Gefährten und dem Ehepaar Blondeau in einer Sackgasse enden würden. Doch da griff ich mir das kleine, schmierige (es war Wein drauf) Organ von Brigneau (*Minute*, meine ich). Und beteuerte, daß ich glücklich sei, ein Ehepaar zu treffen, dem Brigneaus Organ Freude bereite. Ich behauptete, daß es mir ebenso gehe. Dabei schwenkte ich Brigneaus kleines zerknittertes Organ, um meinen Worten mehr Gewicht zu verleihen. Und schuf so ein Klima des Vertrauens. Ich ließ verlauten, daß der geheimen Mission, mit der meine Kameraden und ich betraut seien, politische Vorstellungen zugrunde liegen, die man nur begrüßen könne, wenn man dazu imstande sei, auch den Inhalt von Brigneaus Organ zu begrüßen. Chauffard spielte mit und fing an, mich «mon Colonel» zu nennen. Als ich schließlich das kleine, traurige, schmierige und zerknitterte Organ von Brigneau auf die Tischkante zurücklegte, und als wir das Haus des Ehepaars Blondeau verließen, steckten in meiner Tasche zwei Kunstleder-Kartenhüllen, die mir Monsieur Blondeau ausgehändigt hatte und die verschiedene Informationsblätter über die Gemeinschaft Reformierter Skopzen enthielten, auch zwei Eintrittskarten auf den Namen Monsieur und Madame Blondeau sowie zwei Anstecker. Und uns war von den Blondeaus zugesichert worden, daß sie über unser Vorhaben schweigen würden.

«Glauben Sie wirklich, daß die schweigen werden?» fragte mich Chauffard, als wir zurück nach Paris fuhren.

«Die werden noch kurz darüber diskutieren», sagte ich. «Und anschließend schlafen gehen. Mal angenommen, die sprechen doch noch mit jemandem, dann nicht vor morgen mittag oder abend. Und dann höchstens mit Freunden, aber sicher nicht mit einem Rechtsanwalt oder der Polizei, und mit den Reformierten Skopzen schon gar nicht. Bis dahin ist hoffentlich alles gelaufen. Sie müssen aber in genau zwölf Stunden vor Ort sein.»

«Mit fünfzehn Leuten?»

«Zwanzig wären besser.»

«Wir werden unser möglichstes tun, Tarpon. Im Moment brauchen wir alle erst mal etwas Schlaf.»

Da war ich seiner Meinung. Ich traf mit Chauffard noch die letzten Absprachen, und als ich ungefähr eine Stunde später bei Kumpel Jules ankam, hätte ich mich am liebsten gleich in den Flur gelegt. Im Wohnzimmer brannte Licht. Ich ging durch die Zwischentür. Haymann saß auf dem Sofa und goß sich ein Glas spanischen Brandy ein. Charlotte kniete auf allen vieren vor dem Phonokoffer und legte gerade eine Platte auf.

«Sie müßten eigentlich im Bett sein. Wir haben einen harten Tag vor uns.»

«Genau», pflichtete mir Charlotte bei und stand auf. «Man müßte im Bett liegen, sich ständig rumwälzen und sich fragen, was mit Ihnen ist.»

«Verliebte Frauen», brummte Haymann, und Charlotte bezeichnete ihn als Idioten.

«Was ist denn das schon wieder für ein Geklimper?» fragte ich, und Charlotte erwiderte, das sei Cecil Taylor.

«Und der andere Blödmann da», fügte sie hinzu und zeigte dabei mit weit ausholender Geste auf Haymann, «der andere Blödmann ist auch abgehauen und zwei Stunden später stockbesoffen zurückgekommen.»

«Es war kein Tropfen mehr im Haus. Wir hatten Kumpel Jules alles weggetrunken. Und um Mitternacht sind die Geschäfte zu. Also mußte ich mich an einen anderen Kumpel wenden. Einen Bretonen, denn er ist Spanier», fügte er in nicht nachvollziehbarer Logik hinzu, während er sich noch einen kleinen Schluck reinkippte und mich mit völlig klarem Blick ansah. Ich zog mir gerade die Schaffelljacke aus. «Professor Bachhauffer», meinte er, «Bachhauffer mit zwei H, sagt Ihnen der Name was?»

Ich schüttelte den Kopf, warf die Schaffelljacke in eine Ecke, zog meine Schuhe aus, ohne erst die Schnürsenkel aufzumachen, was mir Mama immer vorhält. Ich fing an, mein Hemd aufzuknöpfen.

«He, he!» rief Charlotte. «Sie werden sich doch nicht nackt ausziehen?»

«Hat Melis-Sanz in Toulouse angerufen oder was?» fragte ich zurück.

«Ihre Schlußfolgerungen werden immer besser.»

«Professor Bachhauffer mit zwei H», sagte ich. «Ich nehme mal an, das ist der Kerl, der mit im Wagen von

Fanch Tanguy saß, den die Leute vom Freikorps festgenommen haben, und der abgehauen ist. Nun, Sie wissen doch alles über die Kollaboration, wer ist dieser Professor Bachhauffer?»

«Keine Ahnung.» Haymann zuckte mit den Schultern. «Den Namen kenn ich nicht.»

«Gehen Sie von meinem Bett runter», befahl ich Haymann, der aufstand und sein Glas mitnahm. Ich zog meine Hose aus, wickelte mich in meine Decke ein und legte mich auf das Sofa. «Versuchen Sie, einen Wecker aufzutreiben, in vier Stunden müssen wir wieder raus.» (Und ich muß mitten im Satz eingeschlafen sein, denn ich fühlte mich überhaupt nicht erholt, doch es war hell und 10 Uhr morgens, der Morgen des 18. November. Ich ging zu Haymann und Charlotte in die Küche. Während wir Charlottes Kaffee tranken, sprach ich weiter, als ob ich nur einen Augenblick vorher aufgehört hätte; ich sagte, nach reiflicher Überlegung sei es nicht möglich, Charlotte mitzunehmen, das sei viel zu gefährlich; und sie entgegnete, ich könne sie mal. Coccioli kam, war schlecht rasiert und brachte Reservemagazine mit. Ich brauchte noch einen Moment, um richtig wach zu werden, und dann war es vielleicht zu spät, um zu diskutieren. Wir befanden uns bereits im Wagen, auf dem Weg nach Doutremart und zur Gemeinschaft Reformierter Skopzen, auf dem Weg in den Krieg, in das Gemetzel, in die Scheiße.)

16

Und dann, na, es ist ja bekannt, was dann passiert ist: der Sturmangriff erfolgte in der Nacht vom Donnerstag auf Freitag, Blut wurde vergossen, das Labor besetzt, Leute verhaftet, die Organisation zerschlagen, neue Fakten tauchten auf, veränderten alles, Georges Rose, einst Wahlkampfbeauftragter, belastete den Abgeordneten Mauchemps; Mauchemps klammerte sich mit aller Macht mit seinen kleinen Krallen an seine parlamentarische Immunität; und man weiß, daß das nichts nützte und er jetzt im Bau sitzt, er aufgrund seines Gesundheitszustandes oder aus irgendeinem anderen Grund dort eine bevorzugte Behandlung genießt. Aber es ist vielleicht besser, ich erzähle das alles der Reihe nach.

An jenem Donnerstag trafen Charlotte und ich am frühen Nachmittag gegen 15 Uhr bei der Gemeinschaft Reformierter Skopzen ein. Die Vorbereitungen hatten doch etwas Zeit in Anspruch genommen. «Du siehst wirklich wie ein Flic aus», meinte Charlotte zu mir, «du mußt wie eine bescheuerte Führungskraft aussehen.» Ich hatte mir aus Kumpel Jules' Kleiderschrank einen pflaumenfarbenen Samtanzug geborgt, ein Blümchenhemd und Halbstiefel mit 4 oder 5 Zentimeter hohen Absätzen, mit denen ich mir wie auf Stelzen vorkam. Und Charlotte hatte noch eins draufgesetzt, das heißt, sie hatte mir die Haare in die Stirn gekämmt und wild zerzaust. Außerdem klebte mir ein Pflaster auf der Nasenspitze.

«Ich sehe lächerlich aus», bemerkte ich.

«Das sollst du ja auch!» erwiderte Charlotte, und als ich fragte, ob das alles denn überhaupt nötig wäre, rief sie: «Na klar! Wenn 3 Meter vor dir plötzlich Kasper auftaucht, wird er dich zwar erkennen, aber vielleicht fünfzehn Sekunden zu spät. Steck die Hände in die Taschen.»

«Da beulen sie aber aus.»

«Wenn Kaspers Karre noch dasteht», sagte Coccioli, «kommt es überhaupt nicht in Frage, daß Sie reingehen; dann müssen wir irgendwie anders klarkommen.»

«Steck die Hände in die Taschen, verdammt! Nein, in die Hosentaschen. Bauch raus. Und lächeln! Nein, dümmlicher. Genau. Weiter so! Lächeln, die ganze Zeit.»

«Aber das spannt.»

«Weil die Muskeln es nicht gewohnt sind. Du lächelst ja sonst nie. Und behalt die Hände in den Taschen.»

«Sie glauben wirklich ...»

«Und duze mich! Na sicher, glaub ich das. Jeder Mensch hat eine bestimmte Persönlichkeit, und in die muß man sich bloß reinversetzen.»

«Das klingt mir aber verdammt nach einem Buchzitat.»

«Du wirst schon sehen!»

Ich sah es. Als Kasper auftauchte, erkannte er uns auf den ersten Blick, aus 30 Metern Entfernung!

Aber vorher kam ja noch die Fahrt, die Besichtigung und die Läuterung.

Am Ende der Fahrt beobachteten wir durch das Fernglas die Gebäude der Gemeinschaft. Wir konnten nichts Verdächtiges entdecken. Auf dem dahinterliegenden Parkplatz standen Autos, aber nicht der 504 vom vorigen Abend.

Wir kehrten ins Dorf zurück und ließen Haymann und

Coccioli mit dem Fernglas dort. Ich setzte mich ans Steuer des Alfa, wir fuhren wieder aus dem Dorf und bis vor das Tor der Gemeinschaft.

Wir wurden sofort von einem sich mönchisch gebärdenden etwa Siebzehn- oder Achtzehnjährigen mit kahlgeschorenem Schädel und schmutzigen Füßen in Empfang genommen und zum Parkplatz geleitet, wo wir den Alfa abstellen sollten. Die meisten der hier parkenden Autos hatten Pariser Kennzeichen.

Die gesamte Anlage war wie ein riesiges Gehöft, mit umschlossenem Innenhof und einigen Anbauten. Ringsherum Wald und Wiesen, auf denen grazile Pferde schnaubten. Das Gehöft hatte dicke Mauern, wenige schmale, hochgelegene Fenster, das Ganze sah beinahe wie eine Festung aus. Da der Parkplatz auf der Rückseite lag, schritten wir, vom Mönchlein geführt, die halbe Außenmauer ab, um wieder zum Eingangstor zurückzukommen.

«Wenn Leute mit ihrem Wagen wegwollen», sagte ich zu dem Mönchlein, «dann steht meiner vielleicht im Weg.»

«Ja, Sie müssen Ihren Schlüssel abgeben.»

Ich hielt ihm meinen Schlüssel hin. Er schloß die Augen und wich einen Schritt zurück.

«Geben Sie ihn im Büro ab. Ich berühre keine Maschinen.»

«Entschuldigen Sie», sagte ich.

«Es gibt keine Schuld.» Er machte die Augen wieder auf und führte uns weiter. Er war barfuß. Es waren so um die Null Grad draußen. Unter den Füßen hatte er eine dicke Schicht schwärzlicher Hornhaut. «Keine Schuld», wiederholte er, «das konnten Sie nicht wissen, Sie hatten noch keine Unterweisung. Aber fühlen Sie sich nicht minderwertig. Ich bin minderwertig, glauben Sie mir.»

«Wie Sie wollen», beteuerte ich.

Am Tor gab es wie am Eingang von Kasernen oder Ministerien einen Schalter in einer Art Wachstube. Hinter dem

Schalter saß ein ziemlich hübsches brünettes Mädchen, sie hatte ganz krauses Haar, große blaue Augen, war etwas kurzsichtig und trug einen gelben Nylonkittel, aus dem der kleine Kragen einer weißen Hemdbluse hervorsah. Auf ihren ausdrücklichen Befehl hin gaben wir die für Monsieur und Madame Blondeau ausgestellten Aufnahmekarten bei ihr ab und befestigten die Anstecker mit unseren widerrechtlich geführten Vornamen, das heißt Jacques und Myriam, an unserer Kleidung. Das Schaltermädchen hakte etwas auf einem Blatt ab, das mit einer Reißzwecke auf einem Brett angeheftet war. Dann folgten wir dem Mönchlein in das Innere der Anlage, wo es uns herumführte.

Es war, wie ich gesagt hatte, ein zweigeschossiges Gehöft mit einem umschlossenen Innenhof, die Rückfront lag nach Nordosten. Im Hauptgebäude und den beiden Seitenflügeln gab es im ersten Stock nur Zimmer, die jeweils über einen durchgehenden Gang zu erreichen waren. Uns wurde unser Zimmer gezeigt. Es war weiß gekalkt, wie überhaupt alle Wände des Gebäudes. Wir hatten ein kleines Fenster nach Nordosten, das nur wenig Licht hereinließ; man sah auf den bewaldeten Hügel; unter dem Fenster befand sich das Dach eines Schuppens.

Im Zimmer nur zwei dicke Matten, einige naturfarbene Kissen und ein Schrank aus Weidengeflecht, sonst nichts. Das Mönchlein machte den Schrank auf; darin lagen Dekken. Wir hatten kein Gepäck, die Gemeinschaft wollte, daß die Leute ohne Gepäck hierherkamen. Jacques und Myriam hatten mich ausdrücklich darauf hingewiesen, und so stand es auch in den Informationsbroschüren.

«Recht einfach alles hier», sagte ich, weil ich das Schweigen nicht mehr ertrug.

«Minderwertig», sagte das Mönchlein. «Was anzustreben ist.»

Wir gingen aus dem Raum und ließen die Tür offen. In unserem Gang standen alle Zimmertüren offen, und man sah überall das Gleiche, weiße Wände, Kissen, zwei Matten, Korbschrank. Das kostete 350 pro Person und Tag, und ich konnte schon im voraus sagen, daß auch das Essen so biblisch einfach sein würde, so wunderbar minderwertig, Wasser und Sojamehl zum Beispiel.

Doch ich hatte keine Zeit, meine Voraussage zu überprüfen. Als wir weiter den Flur langgingen, sah ich am anderen Ende in vielleicht 30 Metern Entfernung Kasper um die Ecke biegen. Ich packte Charlotte am Ellenbogen und stieß sie in das nächstgelegene Zimmer.

«Und hier? Und hier?» fragte ich ziemlich nervös. «Was ist das hier?» Es waren vier Personen im Zimmer, zwei Männer und zwei Frauen, sie saßen auf Kissen und sahen mich fragend, aber friedlich an. Mit einer Hand hielt ich Charlotte fest, die sich losmachen wollte; mit der anderen fuhr ich in meine pflaumenblaue Jacke und griff nach der tschechischen Pistole. Es erschien mir jedoch noch etwas zu früh, das Feuer zu eröffnen.

«Das ist ein anderes Zimmer», meinte das Mönchlein, das auf der Türschwelle stehengeblieben war.

«Seid willkommen», sagte einer der sitzenden Männer. «Seid Ihr neu?»

Er wartete meine Antwort nicht ab und fing wieder an, das gleiche wie seine drei Gefährten zu tun, das heißt, sich ganz schnell mit der flachen Hand auf die Knie zu klatschen und dazu einen Text runterzuleiern, so was wie Aranaranaranaranaranaranarana (aber vielleicht hab ich es auch nicht richtig verstanden).

«Ähh, lassen Sie uns bitte weitergehen», sagte das Mönchlein, «sonst kommen wir zu spät zur Läuterung.»

«Ganz im Gegenteil, Kumpel» murmelte ich, «wir werden viel zu früh dran sein.»

Gleichzeitig entsicherte ich die 7,65er, trat einen Schritt zur Seite, dann raus in den Gang. Aber der war leer, Kasper weg, als ob ich nur geträumt hätte. Ich war mir ganz sicher, ihn gesehen zu haben, glaubte aber nicht, daß er uns bemerkt hatte. Charlotte blickte immer wieder fragend und bereits leicht gereizt zu mir, weil sie sich mein Verhalten überhaupt nicht erklären konnte.

«Okay», sagte ich. «Gehen wir weiter.»

Wir gingen weiter. In Gegenwart des Mönchleins konnte ich Charlotte nicht warnen. Einem debilen Mönchlein hinterherzugehen und jeden Moment mit einem Killer rechnen zu müssen, das Gefühl müssen Sie mal erlebt haben.

Manche Zimmer waren leer, andere nicht. Die Leute trugen naturfarbene Gewänder oder Straßenkleidung, je nachdem. Mal diskutierten sie oder leierten Gebete, mal taten sie überhaupt nichts. Ich zählte zwölf Personen im Alter zwischen dreißig und fünfzig Jahren, ebensoviel Männer wie Frauen, aus besseren Kreisen, würde ich sagen. Die meisten schienen das, was sie hier machten, sehr ernst zu nehmen.

Später wurde ersichtlich, daß der schmale Gebäudetrakt an der Frontseite von Mönchen und Nonnen bewohnt war, und die Zimmer oben und unten zu beiden Seiten des Eingangstors gewissermaßen jeweils Wachstuben abgaben. Diesen Teil zeigte uns das Mönchlein allerdings nicht. Nachdem wir die Gästezimmer gesehen hatten, führte er uns ins Erdgeschoß eines Seitenflügels, wo Werkstätten eingerichtet waren. Mönchlein und Nönnlein, naturfarbene Gewänder, kahlgeschorene Köpfe, siebzehn bis fünfundzwanzig Jahre alt, waren damit beschäftigt, Stoffe zu weben, Schmuck zu schmieden, Brot zu backen, Tontöpfe zu drehen.

Selbstverständlich gab es überall Räuchergefäße und Räucherstäbchen, und es stank nach Myrrhe und Weihrauch. Auf jeden Fall nach Weihrauch, ob nach Myrrhe, da bin ich mir nicht ganz sicher, weil ich nicht weiß, wie Myrrhe riecht, hab ich nur so dahergesagt.

Am mystischsten stank es jedoch in einer Weberei im

Erdgeschoß des Südflügels, in der es eine mit einer Stange verriegelte eiserne Kellertür gab.

«Und da?» fragte ich das Mönchlein und zeigte mit dem Finger hin.

«Der Keller. Wenn Sie sich bitte beeilen würden, es warten noch zwei Leute, Sie sollen zusammen geläutert werden.»

Wir hasteten weiter. Im Erdgeschoß des Hauptflügels gab es Zimmer mit geschlossenen Türen und Gemeinschaftsräume, einen Speisesaal, einen Versammlungsraum. Schließlich betraten wir einen gefliesten Raum, wo uns ein Ehepaar und eine Frau zu erwarten schienen, und das Mönchlein verkündete uns, wir seien da.

Das Ehepaar – eine üppige, ältliche Tussi im Nerzmantel, mit platinblondem Haar und aggressiver, wahrscheinlich silikonunterfütterter Büste, und ein Schönling, zehn Jahre jünger als die Dicke, mit gelbem Haar und höhensonnenverbranntem Gesicht, der eine verquollene Celtique in einer Dunhill-Zigarettenspitze rauchte.

«Seien Sie willkommen, Jacques und Myriam», sagte die andere Frau zu uns.

Sie trug ein safranfarbenes Gewand, hatte den Kopf kahlgeschoren und um den Hals einen starren Silberreif. Alle Augenbrauen waren ausgezupft, wodurch sie einen Vogelblick hatte. Sie hielt uns Vieren große Plastiktüten hin.

«Und jetzt», entschied sie plötzlich, «legen Sie Ihre Kleider ab. Wahrscheinlich wäre Ihnen wohler, wenn ich Ihnen zuvor erklären würde, wozu das nötig ist. Aber wir wollen Ihnen kein Wohlbehagen bereiten, wir wollen Sie erniedrigen. In der Welt draußen, wo die Materie allmächtig geworden ist, tut der Mensch nichts ohne Informationen. Hier bei uns zählt die Materie nicht, hier ist der Geist allmächtig. Sie werden also keinerlei Informationen erhalten. Sie müssen sich nur unterwerfen. Freude erwächst nicht aus der Information, Freude erwächst aus der Erniedrigung und dem Gehorsam.»

«He, he!» knurrte der Schönling mit aufmüpfigem Gesicht und nahm schnell die Zigarettenspitze aus dem Mund.

«Ruhe!» befahl die Frau mit den Vogelaugen.

Der Kerl schien fast diskutieren zu wollen, doch die Frau im Nerz durchbohrte ihn mit Blicken, und ich meinte zu sehen, daß sie ihn ins Handgelenk kniff. Der Schönling zuckte mit den Schultern. Die Chefnonne hatte sich aber bereits abgewendet, ging am anderen Ende des Raums auf eine Tür zu und machte sie auf. Hitze und Lärm schlugen uns entgegen.

Im ziemlich großen Nebenraum befand sich ein ungefähr zehn Meter langes und 50 Zentimeter tiefes Becken, voll mit heißem Wasser. Inmitten der Dampfwolken sahen wir etwa fünfzehn Nackte, die sich bespritzten und grölten und uns freundlich zuwinkten.

«Kommen Sie», sagte die Chefnonne mit einem Hotelbesitzerlächeln, «kleiden sie sich aus.»

«Ziehen Sie sich aus!» rief der Schönling.

«Wie bitte?»

«Ziehen Sie sich aus, nicht: kleiden Sie sich aus!»

«Ach ja», sagte die Chefnonne und klimperte mit den Wimpern, «und legen Sie Ihre Sachen in die Plastiktüte, man wird sie Ihnen am Ende der Läuterung zurückgeben.»

«Arabaranabanana!» brüllten die Badenden.

«Das ist vielleicht eine Scheiße! Ich habe dir gleich gesagt, daß das Scheiße ist!» schrie der Schönling und drehte sich zu seiner Gefährtin.

Aber die hatte sich mit erregtem Gesicht bereits den Nerzmantel und den Rock ausgezogen, legte gerade ihre Bluse ab und förderte ausgesprochen schön geformte Brüste zutage, die sehr groß und wahrscheinlich felsenfest waren.

«Kasper ist hier», flüsterte ich Charlotte zu.

«Hmm?»

«Kasper ist in der Nähe. Ich hab ihn gesehen. Er hat uns nicht bemerkt. Gerade eben, da oben.»

«Bist du sicher?»

«Ziehen Sie sich aus, kommen Sie, ziehen Sie sich aus!» befahl uns die Chefnonne wieder und schlich um uns herum, wie eine Aufseherin, die Schüler antreten ließ.

Ich richtete meinen Blick auf einen Punkt an der Mauer und sah starr darauf, während ich mich auszog. Ich stopfte meine Klamotten und meine Schuhe in die Plastiktüte, meine Jacke legte ich sorgfältig um die 7,65er herum zusammen.

«Hör auf, so würdevoll zu gucken», sagte Charlotte zu mir, «siehst ja aus wie Peter Sellers.»

Durch den Dampf konnte man nicht genau erkennen, ob wir von den singenden Badenden nun mit mystischen oder lediglich geilen Blicken beäugt wurden. Dann sammelte die kahle Priesterin unsere Tüten ein, und die chirurgisch runderneuerte Alte stürzte als erste freudig jauchzend auf das Becken zu, wobei sie mit einer Brust meine Schulter rammte. Der Schönling folgte ihr und blickte mich über die Schulter hinweg zögernd an, noch zwischen Mannhaftigkeit und moralischem Zusammenbruch schwankend.

«Da muß man durch», meinte ich zu ihm, er wandte sich augenblicklich ab und ließ auf dem Weg zum Becken seine Muskeln spielen.

Als wir alle bis zur halben Wade im Wasser standen, mußte wir uns gegenseitig mit Wasser besprengen und wie die anderen Gebete runterleiern. Einen Moment war mir fast so, als ob Charlotte nicht arabarana, sondern banana, cavanna und havanaguila trällerte, doch als ich sie anblickte, sah sie mit ihren schönen Augen und ihren hübschen, mit Wassertröpfchen bedeckten Brüsten so ernsthaft mystisch wie nur irgend möglich aus. In dem Augenblick faßte ihr so ein Glaubenseiferer unverkennbar an den Hintern, und sie versetzte ihm einen kräftigen Tritt mit der Ferse, ohne im Beten innezuhalten.

Das Ganze mußte ziemlich lange gedauert haben und kam mir noch viel länger vor. Doch schließlich verließen alle, außer uns vier Novizen und der Priesterin, die am Rand herumtänzelte und in die Hände klatschte, den Raum.

«Und jetzt», verkündete die Kahle, «werden Sie einzeln aufgerufen. Zuerst Lucienne.»

«Das bin ich», sagte absurderweise die rundumerneuerte Tussi. Sie hatte einige Mühe, aus dem Becken zu steigen, sie war ganz außer Atem, weil sie sich bei der Zeremonie vollkommen verausgabt hatte. Sie ging zu dem Ausgang, auf den die Priesterin zeigte, gegenüber der Tür, durch die wir hereingekommen waren. Der Schönling sah ihr nach und machte ein angewidertes Gesicht. Das Wasser plätscherte uns gegen die Beine, wir standen noch einige Minuten da und wußten nicht, was wir tun sollten. Dann wurde Charlotte gerufen. Und weitere fünf Minuten später ich.

Ich hatte es eilig, an meine Plastiktüte mit meinen Sachen und der 7,65er zu kommen. Ich ging durch die Tür und gelangte in ein kleines Büro. Ich machte die Tür hinter mir zu. Es gab noch eine am anderen Ende des Zimmers. Die Tüte mit meinen Klamotten und ein Handtuch lagen auf einem mit Broschüren vollgepackten Schreibtisch. Ich griff nach dem Handtuch. Die Tür mir gegenüber ging auf und Kasper kam rein. Er hatte noch immer den rechten Arm vergipst in einer Binde. Mit der linken Hand richtete er eine Walther PPK mit weißen Kunststoffgriffschalen auf meinen Bauch.

«Ich wußte, daß das passieren würde», bemerkte ich.

17

«Geben Sie mir doch Ihre Waffe», meinte ich dann. «In letzter Zeit sammle ich zwei bis drei pro Tag ein, ich werd einen Waffenladen aufmachen.»

Er betrachtete mich nachdenklich.

«Ziehen Sie sich an.»

«Gestatten Sie, daß ich mich vorher noch abtrockne.»

«Sehen Sie zu, daß wir keine Zeit verlieren, Tarpon, ich bin genervt.» Das sagte er mit einer ganz ausdruckslosen Stimme, was seiner Behauptung einen eher verblüffenden Touch gab, als ob Ihnen ein angefangener Joghurt plötzlich zurufen würde, essen Sie mich auf, ich leide zu sehr.

Ich zog meine Sachen über meine nasse Haut. Ich bekam sie schlecht an. Ich suchte wie blöd die 7,65er, die nicht mehr da war.

«Sie sind erledigt, und das wissen Sie», meinte ich, als ich mit den Knöpfen des Blümchenhemdes kämpfte. «Sie nehmen doch nicht etwa an, ich riskiere herzukommen, noch dazu mit einer Frau, bevor Sie nicht umstellt sind.» Ich band mir die goldene Uhr um. Darauf war es 16.45 Uhr. Wir hatten vereinbart, daß Chauffard und Grazzelloni um 18.30 Uhr mit zwanzig oder fünfzehn Flics, oder zumindest so vielen, wie sie in der Zwischenzeit hatten auftreiben können, ins Dorf kommen würden. Und dann sollte ich oder Charlotte oder sollten wir beide irgendwann nach 18.30 Uhr aus dem Scheinkloster abhauen und unseren Jungs in der Lebensmittelladen-Kneipe in Doutremart Bescheid geben, ob ein Sturmangriff sinnvoll wäre, ob sie auch wirklich die Chance hatten, einen Haufen Gangster und einen Haufen gefährlicher Drogen vorzufinden. Ein ausgezeichneter Plan; nur mit der Durchführung sollte es von nun an einige Probleme geben.

«Das ist meine Uhr», sagte Kasper.

«Stimmt. Wollen Sie sie wiederhaben?»

Er nickte. Ich nahm die Rolex ab und hielt sie Kasper hin. Er wich einen Schritt zurück.

«Legen Sie sie auf den Tisch.»

«Sie sollten sie mir lieber lassen. Falls Sie Zeitungen lesen, wird Ihnen sicher bekannt sein, daß viele französische Polizisten unehrlich sind. Wenn Sie gleich verhaftet werden, wird sie Ihnen sofort geklaut. Lassen Sie sie mir, und ich heb sie für Sie auf, bis Sie dann mit sechsundneunzig aus dem Knast kommen.»

«Sie bluffen.»

«Keineswegs. Und das wissen Sie ganz genau. Sie wissen, daß Sie erledigt sind. Ich versteh bloß nicht, warum Sie noch hier sind. An Ihrer Stelle hätte ich Frankreich schon längst verlassen.»

«Ziehen Sie Ihre Schuhe an.»

«Aber Sie sind ja nicht nur ein Killer», meinte ich, während ich meinen linken Schuh anzog. «Sie sind an dieser Organisation beteiligt. Und Sie haben gerade Milch angesetzt.»

«Milch?»

«Sie stellen gerade eine Charge Heroin her», meinte ich, während ich mir meine Schnürsenkel zuband. «Und sitzen hier fest, weil die chemische Reaktion gerade angefangen hat. Und wenn der Umwandlungsprozeß eingeleitet ist, muß er bis zum Ende durchgeführt werden.»

«Wir sind fast fertig», erwiderte Kasper.

«Sie hätten lieber auf Ihr Geld verzichten und sich in Sicherheit bringen sollen.»

«Drehen Sie sich zur Wand.»

Ich drehte mich um. Ich hörte, wie sich Kasper bewegte, dann sagte er mir, ich sollte mich wieder umdrehen. Ich drehte mich wieder um. Er hatte die Rolex am linken Handgelenk.

«Gehen Sie vor», befahl er und zeigte mit dem Lauf der PPK in Richtung Tür. «Langsam.»

Ich gehorchte. Wir schritten durch einen verlassenen Gang mit kahlen Wänden. Am Ende des Ganges war eine mit einer Querstange versperrte Eisentür, davor saß ein schläfriges Mönchlein auf einem Klappstuhl. Als wir näherkamen, erhob sich der Kleine und machte die Tür auf, wofür er bestimmt zwei Minuten brauchte.

«Ist das Mädchen da unten?» fragte ich Kasper.

Er antwortete nicht. Die Tür öffnete sich auf eine steile Treppe hin, die zwei bis drei Meter nach unten führte. Man sah den Schlackeboden im Keller. Eine vergitterte Glühbirne gab ein spärliches Licht.

«Gehen Sie langsam runter.»

Ich ging langsam runter, Kasper hinter mir. Über uns machte das Mönchlein die Tür wieder zu.

Nach der letzten Stufe sah ich mich erst einmal um. Große Kellerräume, und nur ein paar schmutzige, vergitterte Glühbirnen. Hier und da Stützpfeiler und kleine Zwischenmauern, Umrisse von Kohlenhaufen waren zu erkennen und Lichtreflexe auf Flaschen, insgesamt aber eher ein unklares Durcheinander.

«Gehen Sie weiter.»

Ich ging weiter. Die Schlacke knirschte unter meinen Sohlen.

«Knallen Sie mich jetzt ab?» fragte ich.

«Nicht gleich.»

«Tarpon?» rief jemand hinter einer Mauer.

«Charlotte», sagte ich.

Ich ging um die Mauer herum. In dem gelblichen Licht sah ich Charlotte am Boden sitzen. Einen Arm halb angehoben; ihr Handgelenk war mit Handschellen an ein Abflußrohr gekettet. Anscheinend war sie nicht verletzt. In diesem Moment sackte ich irgendwie zusammen, ich hatte meine zitternden Beine nicht mehr unter Kontrolle und mußte mich an die Wand lehnen.

«Was machen Sie? Weitergehen!» meinte Kasper.

«Ist alles in Ordnung?» fragte Charlotte.

«Ja. Alles in Ordnung.»

«Drehen Sie sich um.»

«Ich hab mir Sorgen um Sie gemacht», sagte ich zu Charlotte.

«Drehen Sie sich um.»

«Ja. Ja. Ich mach ja schon.»

Ich drehte mich um. Zu meiner Überraschung schlug mir Kasper mit dem Lauf der PPK höllisch treffsicher unter das Brustbein. Mir verschlug es den Atem, ich verspürte einen beinahe unerträglichen Schmerz und fiel um, mit der Wange auf die Schlacke. Kasper steckte die Pistole in seine Tasche. Er trug eine khakifarbene, dicke lange Regenjacke, wie eine für die Entenjagd. Er holte Handschellen und einen Schlüssel raus. Ich versuchte, mich wieder aufzurappeln, um ihm die Fresse zu polieren, aber ich war völlig benommen, ich lag bloß da und sabberte mir das Kinn voll. Er legte mir Handschellen um einen Fuß und kettete mich in etwa fünfzig Zentimeter Höhe an die Halterung eines Abflußrohrs. Ich gab ein klasse Bild ab, mit einem Bein in der Luft und vollkommen machtlos. Außerdem noch einen Meter von Charlotte entfernt.

«Drecksack, brutaler Scheißkerl», rief Charlotte.

«Das ist noch gar nichts, meine Gute», sagte Kasper, richtete sich wieder auf und verschwand im Halbdunkel.

«Vor einem Kerl wie mir müssen Sie sich immer in acht nehmen», bemerkte ich und verrenkte mir fast den Hals, um zu Charlotte zu sehen.

«Was erzählen Sie denn da? Haben Sie eine auf den Kopf gekriegt?»

«Jedenfalls war es äußerst gefährlich, Sie hierher mitzunehmen», sagte ich. «Aber ich konnte nicht ohne Sie herkommen, weil es unbedingt ein Ehepaar sein mußte. Und ich wollte herkommen, weil ich sie allein besiegen wollte. Sünde des Hochmuts, wie meine liebe Mutter immer zu sagen pflegt. Verstehen Sie, was ich meine?»

«Nein.»

«Ich schon. Ich weiß, was ich sage.»

Ich konnte mich allmählich wieder bewegen. In diesem Augenblick tauchte Kasper hinten im Keller auf. Er war in Begleitung eines anderen Mönchleins, das weit auseinanderliegende Augen und einen besonders schwachsinnigen Gesichtsausdruck hatte. Es trug etwas unter dem rechten Arm und hielt in der Hand einen Vorschlaghammer.

«Ich wollte Sie umbringen und irgendwo verscharren», meinte Kasper, während ich mich verrenkte, um mich halb umzudrehen. «Damit hab ich an sich keine Schwierigkeiten. Doch ich hab was dagegen, daß jemand umsonst ermordet wird. Und das ist auch ganz wörtlich zu verstehen.» Er grinste hämisch. Er sah zufrieden aus. «Wenn wir mit unserer Arbeit fertig sind und unsere Ausrüstung abgebaut haben, werd ich Sie wahrscheinlich in dem Keller hier lassen. An Ihr komisches Märchen, daß die Polizei draußen auf der Lauer liegt, hab ich sowieso keine Minute geglaubt. Aber gut, früher oder später wird schon noch jemand vorbeikommen und sie finden.» Er grinste wieder. «Das wäre zumindest wünschenswert.»

Endlich gelang es mir, mich auf einen Ellenbogen zu stützen. Das Mönchlein ließ neben mir fallen, was es unter dem Arm getragen hatte. Einen großen Pflasterstein. Ohne Vorwarnung versetzte mir Kasper einen Fußtritt gegen die Brust.

Wieder hatte er furchtbar genau den Plexus getroffen. Abermals lag ich mit der Wange in der Schlacke, bekam die Augen nicht mehr ganz auf und war in etwa so energiegeladen wie ein Waschlappen. Kasper packte mich am Handgelenk.

«Der Meister ist groß», verkündete der schwachsinnige Mönch ohne jemanden direkt anzusprechen. «Der Meister ist gut!»

«Doch zunächst schulde ich Ihnen noch was», meinte Kasper.

Er legte meinen Arm auf den Pflasterstein. Er nahm dem schwachsinnigen Mönchlein den Hammer aus der Hand und schlug mir mit ganzer Kraft damit auf den Arm. Er hatte zwar nur mit seiner Linken arbeiten können, doch mein Arm war auf Anhieb gebrochen.

Einen Augenblick lang stand ich unter Schock, spürte nichts und konnte es vor allem nicht glauben. Kasper legte meinen anderen Arm auf den Pflasterstein. Ich brüllte los, und es gelang mir mit Mühe, meinen gesunden Arm wegzuziehen. Das Mönchlein lachte laut auf, packte mein Handgelenk mit beiden Händen, legte meinen Arm wieder auf den Stein, und Kasper ließ seinen Hammer niedersausen. Dabei brach mein zweiter Arm und der Hammerstiel auch.

Von da an erinnere ich mich nicht mehr an alles. Mein Verstand war in meinem Körper eingeschlossen, wäre aber unheimlich gern aus ihm entwichen, er rannte und galoppierte in meinem Kopf herum und versuchte in seiner Raserei, die Wände zu durchbrechen. Ich weiß, ich brüllte, daß es mir beinahe die Stimmbänder zerriß. Ich weiß, daß ich mir ein Stückchen von der Unterlippe abbiß und Blut spuckte. Das alles ist nicht schön und auch nicht heldenhaft. Ich weiß noch, daß Charlotte versuchte, Kasper anzugreifen und daß sie wie ein Hund an ihrer Kette zerrte. Und sie war tatsächlich so wütend wie ein Hund. Das schwachsinnige Mönchlein kugelte sich vor Lachen. Kasper blickte abwesend und etwas enttäuscht vor sich hin.

Ich weiß auch, daß nach einer Weile aus dem Dunkel, das im übrigen Keller herrschte, ein Mann trat. Weit hinter ihm sah man übrigens einen hellen, sichelförmigen Lichtspalt, dort befand sich die Tür, durch die er gekommen war. Ein Mittsechziger, Halbglatze. Große, lebhafte Augen, einen Haarkranz mit vergilbten Strähnen, die ihm in den Nacken hingen. Eine Stupsnase und Kaninchenzähne mit einem fast gleichmäßig braunen Belag aus Zahnstein und Nikotin. Fahler Teint und ein öliger Schweißfilm auf der Haut. Er trug einen groben weißen Leinenoverall, der mit braunen und schwärzlichen Flecken übersät war, und dazu Handschuhe, wie sie Hausfrauen immer zum Geschirrspülen anziehen. An seinem fetten Hals baumelte eine Gasmaske.

«He, Sie blöder Esel», meinte er irritiert mit strengem Gesicht zu Kasper. «Was ist denn hier los? Was haben Sie gemacht? Was ist mit dem Mann?»

Der Kahle sprach mit deutschem Akzent. Ein beißender Geruch strömte in den Keller, der kam bestimmt durch die angelehnte Tür da hinten.

«Das ist dieser Blödmann Tarpon», sagte Kasper. «Ich hab ihm beide Arme gebrochen. Sie gehen besser wieder an Ihre Arbeit.»

Der Kahle schüttelte ungeduldig den Kopf und meinte, daß ihn das Gebrüll störe. An seine genauen Worte erinnere ich mich nicht mehr; ich war ziemlich fertig. Ich weiß nur, daß er wegging, doch kurz darauf war er wieder da und stach mir eine Nadel in den Arm.

«Mörder! Mörder!» schrie Charlotte irgendwo außerhalb meines Gesichtsfeldes, und mir kam halbwegs zum Bewußtsein, daß der Kahle mir gerade den Gnadenstoß gab, und eigenartigerweise lehnte sich mein Verstand gegen diese Vorstellung auf; ich versuchte mich zu wehren.

«Ganz ruhig, Herr Polizist», meinte der Kahle zu mir. «Das wird Sie erlösen.»

Ein gemeines Schwein, doch er blickte sanft und gütig. Ich glaube, er lächelte mir sogar zu, während er den Kolben der Spritze runterdrückte. Es kitzelte unerträglich in der Hand, doch im Arm und in der Herzgegend wurde mir wohlig warm. Ich dachte, ich sterbe. Der Kahle hatte übrigens seine fleischigen Lippen zu einem Schmollmund verzogen und pfiff den Totentanz[2].

«Beeilen Sie sich ein bißchen», sagte Kasper.

«Sie brauchen nicht hierzubleiben.»

«Sie sollen wieder an die Arbeit gehen und nicht länger rumtrödeln.»

«Es ist ungehörig», sagte das schwachsinnige Mönchlein, «es ist ungehörig, dem Meister befehlen zu wollen. Der Meister ist wissend. Der Meister ist gut. Hören Sie mit Ihren Dummheiten auf! Sie haben schon den Hammer zerbrochen.»

«Verdammt noch mal, das darf doch nicht wahr sein!» brummte Kasper, schüttelte den Kopf und verschwand aus meinem Gesichtsfeld. Ich hörte noch, wie er sagte, er würde von hier abhauen, aber wiederkommen; und dann verlor ich wirklich das Bewußtsein.

2 Siehe Anmerkung S. 60.

18

Während mein Verstand im erholsamen Nichts umherschweifte, ereigneten sich zwei höchst interessante Dinge.

Zunächst hatte ich Kasper nicht bluffen können, und das war auch gar nicht meine Absicht gewesen, aber ich hatte ihn aufgeschreckt. Nachdem er aus dem Keller gegangen war, in dem mir der glatzköpfige Chemiker etwas – man hat nie herausbekommen, was eigentlich genau – gespritzt hatte, verließ Kasper das Gelände der Gemeinschaft. Er nahm nicht den 504, der in einem Schuppen stand, sondern lief ins Dorf. Er ging in die Kneipe und kaufte eine Stange Camel. Dann kam er in das Kloster zurück. Auf dem Hin- und Rückweg beobachtete er unauffällig die Umgebung. Er bemerkte nichts Ungewöhnliches. Er war beruhigt.

Doch er wurde von Coccioli und Haymann, die mit einem Pack Bier friedlich im Gehölz am Hang saßen, mit dem Fernglas beobachtet. Sie waren sehr beunruhigt, als sie sahen, daß Kasper sich immer noch in Doutremart aufhielt und nicht nach Paris zurückgekehrt oder endgültig abgehauen war. Andererseits merkten sie ganz genau, daß er gewissermaßen einen Erkundungsgang machte. Später sagte mir Haymann, daß sie sogar erwogen hatten, sofort einzugreifen, ohne auf Chauffard, Grazzelloni und die anderen zu warten.

Die zweite interessante Sache, die sich während meiner geistigen Abwesenheit ereignete: Charlotte zeigte dem schwachsinnigen Mönchlein, wo es langging.

Ich lag, mit einem Fuß in der Luft hängend, besabbertem Mund und blutigem Kinn am Boden. Das Mönchlein hockte auf seinen Fersen ebenfalls am Boden und erklärte Charlotte, wie gut und groß der Meister sei. Der Meister hatte sich unterdessen wieder in seine Höhle zurückgezogen. Der sichelförmige Lichtspalt hinten im Keller war verschwunden. Der stechende Chemikaliengeruch verflüchtigte sich allmählich. Charlotte weinte leise, was teils echt war, aber auch, um klein und zerbrechlich zu wirken. Und dann meinte sie, daß auch sie die Lehren des Meisters kennenlernen wolle.

«Die sind aber kompliziert», erwiderte das schwachsinnige Mönchlein.

«Ich will sie verstehen, unbedingt», beteuerte Charlotte. «Sie sehen doch, wohin mich mein schlechtes Leben geführt hat! Tiefer kann ich gar nicht sinken. Das ist der richtige Augenblick, um die Lehren des Meisters zu empfangen. Sehen Sie denn nicht, daß der kürzeste Weg zum Zenit über den Nadir führt?»

«Sie sprechen wie der Meister», sagte das schwachsinnige Mönchlein und machte offenbar ein verwirrtes Gesicht.

«Lehren Sie mich sein Wort!»

«Ich werd's versuchen», erklärte das Mönchlein, nachdem es kurz nachgedacht hatte.

«Nein!» rief Charlotte. «Bringen Sie mir erst etwas Wasser. So beschmutzt, wie ich bin, kann ich Ihnen doch nicht zuhören. Gießen Sie mir Wasser über den Kopf!»

«Ah, ja», meinte das schwachsinnige Möchlein.

Es stand auf, verschwand und kam nach einer Weile mit einem Eimer Wasser zurück. Charlotte beugte mit unterwürfiger Miene ihr Haupt. Der Mönch näherte sich, um ihr den Eimer über den Kopf zu schütten. Charlotte ist ja von

Beruf Kaskadeurin. Sie zog ihre Beine an den Körper. Als das Mönchlein sich vorbeugte, schnellte sie hoch und mit ihrem Kopf gegen sein Kinn. Da zeigte sich, daß sie ein Dickschädel war. Der Kerl ging sofort zu Boden.

Dann griff sie sich den Stein und den zerbrochenen Hammer. Es dauerte ein bißchen, weil sie nicht so kräftig zuschlagen wollte, um niemanden auf uns aufmerksam zu machen, doch schließlich gelang es ihr, die Kette ihrer Handschellen zu sprengen und sich zu befreien. Sie untersuchte mich, und ich sah wirklich nicht gut aus. Sie riß die Kutte des schwachsinnigen Mönchleins in Streifen, knebelte den Glaubenseiferer und band ihn mit Seemannsknoten fest. Dann nahm sie wieder den Stein und den Hammerkopf und zerschlug die Kette der Handschellen, mit denen mein Fuß am Abflußrohr festgemacht war.

Währenddessen – aber das wußten wir nicht – hielt sich Kasper außerhalb des Klosters auf, befand sich aber bereits auf dem Rückweg. Er hatte es nicht eilig.

Als ich halbwegs wieder zu mir kam, lachte ich. Ich hatte Sensationen verschiedenster Art und war völlig willenlos. Ich hatte einen scheuerlappenartigen Belag auf der Zunge sowie eine schweißnasse Stirn. Meine sinnliche Wahrnehmung hatte Risse, und ich kam mir so vor, als ob ich in Fichtenharz schwömme. Ich hatte mich überhaupt nicht mehr im Griff, und als Charlotte mit hochhalf, war das weder ein Kinder- noch ein Liebesspiel, ich zeterte herum, verfluchte sie sogar und schwankte dabei wie ein Schlangenanbeter. Also, Sie können sich vorstellen, wie das aussah, und daß ich total vollgedröhnt war.

Charlotte konnte mich ja nicht an meinen gebrochenen Armen fassen, sie zog und schubste mich auf die Treppe zu und fluchte dabei halblaut und noch schlimmer als ein Fuhrknecht vor sich hin. Ich stieß gegen die Stufen und fiel hin, ich brüllte auf, weil es weh tat. Ich rappelte mich wieder hoch und ging murrend mit gesenktem Kopf geradeaus durch das Halbdunkel. Ich stapfte über die Schlacke, stieß an Flaschen, leere Kisten, Kohlehaufen. Charlotte stolperte hinter mir her.

«Nicht da lang», rief sie. «Hören Sie? Oh, verdammt noch mal, Tarpon, was haben die bloß mit Ihnen gemacht?»

Sie schien fast verrückt vor Angst um meinen armen Kopf, und ihre Angst um mich versetzte mich in ein unglaubliches Hochgefühl, aber ich war nicht so geistesgegenwärtig, ihr zu antworten, ich stieß sie sogar noch zur Seite und prallte beinahe gegen eine Tür mitten in einer Wand, die am äußersten Ende des Kellers zu liegen schien. Raus aus dem Keller, eine gute Idee! Ich fing an, gegen die Tür zu treten.

«Hör auf! Hör auf!» Charlotte stellte sich dazwischen und verzog das Gesicht, als ich ihr aus Versehen einen Tritt gegen das Schienbein verpaßte.

«Die ist von Ihrer Seite zugeschlossen, he, Trampel», meinte eine Säuferstimme, die mir bekannt vorkam.

«Sieh mal einer an», sagte ich zu Charlotte. «Renée Mouzon.»

Charlotte musterte mich. Sie drehte sich zur Tür, griff zum Schlüssel, der außen steckte und schloß auf.

«Keine Bewegung!» rief sie.

Niemand bewegte sich. Es war auch niemand dazu in der Lage.

Von der Eingangstür aus blickte man in eine Art Doppelzimmer, mit drei Stufen zwischen dem ersten und dem erhöht liegenden hinteren Teil des Raums. Kein Fenster, nur weiße Wände, aber nicht gekalkt wie im übrigen Gebäude, sondern mattweiß gestrichen. Rechts von der Tür stand ein Stuhl und ein kleiner Louis-XVI-Sekretär, eine große Schirmlampe mit einer großen chinesischen Vase als Fuß. In der Mitte des vorderen Raums stand eine andere, von einer schwarz-rot-gold angemalten nackten Negerin aus schwerem Metall gehaltene Schirmlampe. Beide Lampen brannten, ebenso mehrere Leuchtstoffröhren an der Decke; im Raum hinter den drei Stufen die gleichen Leuchtstoffröhren und Wandleuchter. Durch diese Lichtquellen war alles hell angestrahlt: die Vitrine links von der Tür, die großen Bilder von Adolf Hitler und Sigmund Freud im zweiten Raum sowie das dort an der hinteren Wand gegenüber der Tür aufgestellte große Bett. In der Vitrine Schmuck und Waffen. Ringe, Armbänder, Halsketten und Diademe. Sattelpistolen, Duellpistolen, eine Hellebarde, ein Samuraischwert mit Scheide, ein sicherlich iberischer, mit Goldarabesken überzogener Harnisch. Und gegenüber der Tür auf dem Bett: Renée Mouzon und Philippine Pigot.

Philippine Pigot sah aus wie auf den Fotos, die ich von ihr gesehen hatte. Sie saß hinten auf dem Bett, den Rücken kerzengerade an die Wand gelehnt, die Beine nach vorn gestreckt, ihre Schuhsohlen, ihren Oberkörper und ihre toten Augen auf uns ausgerichtet. Renée Mouzon lümmelte, auf einen Ellenbogen gestützt, am anderen Ende des Betts. Ihre Wimperntusche war verlaufen, ihr Haar ganz durcheinander; in Reichweite stand eine halbvolle Karaffe mit einer topasfarbenen Flüssigkeit auf dem Boden. Ihr hing eine Zigarette im lippenstiftverschmierten Mundwinkel. Ich wurde mit einem frivolen Augenzwinkern bedacht.

«Hallo, Trampel», meinte Renée Mouzon.

«Tag», brummte ich.

Allmählich gelang es mir, wieder in der Wirklichkeit Fuß zu fassen. Was ziemlich schwer war, ich mußte mich ungeheuer zusammenreißen.

Aus irgendeinem, mir nicht mehr erinnerlichem Grund fand ich die Situation zum Lachen.

«Sind wir denn hier im Irrenhaus, oder was?» fragte Charlotte.

«He, Kleine», meinte Renée Mouzon.

Ihr blieb der Mund offenstehen. Die Zigarette fiel runter und brannte ein Loch in den Schoß ihres weißen Morgenmantels. Die beiden Frauen trugen die gleichen weißen Morgenmäntel. Ich ging hin, um die Zigarette aufzuheben, konnte es aber nicht, weil meine Arme gebrochen waren.

«Philippine», sagte ich. «Philippine? He!»

«Sie hört Sie nicht, Trampel», gluckste Renée Mouzon. «Ihr Papa gibt ihr immer Drogen.»

«Das ist nicht ihr Papa.»

«Papa. Papa», sagte Philippine.

«Ich bin ja hier, Kleines», antwortete der Kahle.

Er war unmittelbar nach mir reingekommen, die Gasmaske baumelte immer noch an seinem Hals. Charlotte und ich drehten uns etwas erschrocken zu ihm um. Er sah nicht bedrohlich aus. Er machte die Tür hinter sich zu. Den Schlüssel hatte er in der Hand. Er steckte ihn von innen in das Schloß, drehte ihn aber nicht herum.

«Papa, Papa, Papa», rief Philippine wieder, lächelte und wiegte dabei den Kopf.

Ihr Speichel bildete Bläschen im Mundwinkel.

«Das ist nicht Ihr Papa», erklärte ich. «Er heißt Bachhauffer.»

Philippine schüttelte den Kopf. Immer kräftiger und schneller, bis ihre Haare ganz zerzaust waren. Sie hörte auf zu lächeln. Und machte einen verkniffenen Mund. Ihr Gesichtsausdruck wurde mürrisch und lauernd. Ich drehte mich wieder zu Bachhauffer, der an der Tür lehnte. Er sah mich ruhig und unschuldig an.

«Ich frage mich, ob Sie bekloppt sind», meinte ich. «Wahrscheinlich teilweise.»

Ich lachte glucksend. Ich weiß nicht, was Charlotte in dem Moment machte. Ich nehme mal an, sie versuchte nachzudenken und machte sich dabei ganz klein. Jedenfalls tut sie mir leid, daß sie das erleben mußte, als einzige Normale in einem Zimmer, wo Philippine und ich unter Drogen standen, Renée Mouzon betrunken und Bachhauffer total übergeschnappt war.

«Sie sind Deutscher», sagte ich. «Ein Nazischwein. Vielleicht haben Sie das inzwischen vergessen. Nein, Sie haben es nicht vergessen.» (Ich machte eine Bewegung, um auf das Hitlerbild auf der anderen Seite des Raums zu zeigen, doch es gelang mir lediglich, meinen rechten gebrochenen Arm grotesk herumzuschlenkern. Ich schrie vor Schmerz auf.) «Was weiß ich!» rief ich. «Sie haben mit dem Gestapo-Hauptquartier in der Rue Lauriston zusammengearbeitet, jedenfalls haben Sie lange mit Fanch Tanguy zusammengearbeitet, weil Sie pfeifen wie er, Sie pfeifen wie Fanch der Pfeifer.»

«Papa?» murmelte Philippine und horchte gespannt.

«Sie waren bei ihm, als er von diesem Trupp Basken abgeknallt wurde. Ich weiß nicht, was dann aus Ihnen geworden ist. Ich weiß nicht, was Sie seit 1944 angestellt haben, aber ...»

Er fiel mir ins Wort.

«Ich war in Argentinien.»

«Aha», meinte ich und schnappte nach Luft. «Aha. Sie verstehen also, was ich sage. Sie waren in Argentinien. Und dort hätten Sie auch bleiben sollen.»

«Ich mußte meine Lehre verbreiten.»

Ich sah ihn an.

«Aha», sagte ich. «Sie glauben den Mist wirklich.»

Einen Augenblick sah er vollkommen verwirrt aus, dann blickte er beschämt auf seine Füße, wie ein kleiner Junge, der etwas angestellt hat.

«Ach was», meinte er er dann leichthin. «Das ist doch nur eine Finte. Das ganze Affentheater. Entschuldigen Sie, ich bin ein bißchen erschöpft.»

«Eine gute Tarnung», bemerkte ich. «Ziemlich umständlich, die Sache so zu organisieren, aber ich denke mal, Ihre Scheinsekte und die Erholungsaufenthalte der ganzen

Blödmänner bringen ganz schön was ein, dazu noch der Drogenhandel.»

«Psst!» meinte Bachhauffer. «Seien Sie doch still. Ja, ich hab viel Geld.»

«Ist schon komisch», sagte ich. «Sie haben viel Geld und hocken in diesem Keller hier.» Ich hob abrupt das Kinn. «Ach nein. Manchmal gehen Sie ja auch raus.»

«Sicher.»

«Sicher», wiederholte ich. «Und da sind Sie auf Philippine gestoßen. Ich hätte eigentlich eher angenommen, sie wäre auf Sie gestoßen, als man sie aus dem Verkehr gezogen und hergebracht hat. Aber nein. Sie haben irgendwann Ihren Fuß in die Stiftung Baudrillart gesetzt, ich weiß nicht, wann, doch vor längerer Zeit, als Philippine noch dort gearbeitet hat, und sie hat Sie pfeifen gehört. Das hat die Kleine ziemlich mitgenommen. Sie muß ihrer Mutter davon erzählt, gegenüber Dritten etwas erwähnt haben. Deshalb hat Marthe Pigot, als Philippine verschwunden ist, von Fanch Tanguy gesprochen ...»

«Papa! Papa!» rief Philippine begeistert hinten aus dem Zimmer.

«Weiß ich nicht», meinte Bachhauffer verärgert.

Hier im Keller, und draußen natürlich auch, war es mittlerweile 17.40 Uhr. Ich wußte das nicht, weil mir der Zeitbegriff wie auch eine ganze Reihe anderer Begriffe abhanden gekommen waren. Und ich wußte auch nicht, daß Chauffard und Grazzelloni früher, nämlich schon 17.30, mit elf anderen Flics in vier Wagen eingetroffen waren. Ich wußte nicht, daß sie gerade ausschwärmten, um das Anwesen einzukreisen.

Ich hatte Kasper nicht bluffen können, doch ich hatte ihn aufgeschreckt. Nach seinem kleinen Erkundungsgang ins Dorf war er zum Gehöft zurückgekehrt. Irgendwo auf der Anhöhe wurde er dann doch unruhig und ungeduldig. Er beobachtete die Umgebung. Und da fiel ihm etwas auf, eine flüchtige Bewegung in den Büschen, ein Lichtreflex auf einem Fernglas, irgend etwas. Nun betrachtete er die Umgebung noch aufmerksamer, und bestimmt sah er, daß Leute dabei waren, das Gelände der Reformierten Skopzen zu umzingeln. Er wog ab das Risiko ab und kam zu dem Schluß, daß ihm noch Zeit blieb, Geld mitzunehmen.

Unterdessen plauderten Bachhauffer und ich nett miteinander.

«Aber warum haben Sie der Kleinen Drogen gegeben?» fragte ich gerade und lachte dämlich.

«Ich schämte mich irgendwie und wußte mir nicht anders zu helfen», antwortete Bachhauffer. «Die haben sie hergebracht und hier in meine Wohnung gesperrt, und sie hat immer Papa zu mir gesagt. Die wollten sie umbringen, wissen Sie!»

«Daddy!» schrie die mit Drogen vollgepumpte Kleine mal zur Abwechslung aus dem Hintergrund.

«Ich will doch nicht, daß sie getötet wird, ich will nicht töten!» rief Bachhauffer energisch aus. «Das ist auch gar nicht nötig, denn sie ist ja schwachsinnig! Das mache ich denen begreiflich. Sie muß sich bloß ruhig verhalten. Sie muß nur Drogen bekommen. Ich setze meinen Willen durch, denn ich bin ein großer Chemiker! Ist das nicht merkwürdig! Nach so vielen Jahren begegne ich der Tochter von Fanch Tanguy, meinem guten Kameraden.»

Hinter Bachhauffer ging die Tür auf. Der Chemiker bekam sie in den Rücken und wurde zur Seite gestoßen. Kasper stürzte herein. In der Hand seine PPK. Er hielt kurz inne, als er mich sah, und unsere Blicke begegneten sich, doch ich las in seinen Augen, daß er etwas viel Wichtigeres im Kopf hatte. Er trat einen Schritt zur Seite, lief durch das Zimmer, sprang mit einem Satz die drei Stufen hoch, zum Bild von Adolf Hitler.

«Also, was sind denn das für Manieren!» empörte sich Bachhauffer, massierte sich den Ellenbogen und machte zwei oder drei kleine Schritte, als ob er Kasper hinterhergehen wollte.

Ich machte eine Bewegung hin zur offenen Tür. Da durchbohrte mich Bachhauffer regelrecht mit einem scharfen, bösartigen Blick und sprang dazwischen. Er schlug die Tür zu und drehte den Schlüssel im Schloß herum.

«O nein! Sie bleiben hier! Alle bleiben hier eingesperrt!»

Unterdessen hatte Kasper das Hitlerbild gepackt und es ins Zimmer geschleudert. Hinter dem Bild befand sich ein großer Wandsafe. Kasper kniete sich mit einem Bein hin und legte seine PPK auf den Boden. In Null Komma nichts hatte er den Safe geöffnet. Charlotte schnellte wie ein Pfeil los. Kasper hob seine Pistole wieder auf und mußte sie nicht einmal auf Charlotte richten, sie blieb von selbst zwei Meter vor ihm stehen, ich atmete erleichtert auf.

«Okay», meinte Charlotte und hielt die Hände andeutungsweise in Schulterhöhe. «Das können Sie mir nicht übelnehmen, war ja nur ein Versuch...» Sie wich langsam zurück.

«Gehen Sie nach hinten und drehen Sie sich zur Wand», sagte Kasper.

«Tun Sie, was er sagt», meinte ich zu Charlotte.

Sie tat es. Bachhauffer bewegte sich mit verwirrter Miene ganz langsam auf Kasper zu, machte immer nur einen kurzen Schritt und blieb dann jedesmal nachdenklich stehen. Philippine Pigot hatte sich inzwischen mit angewinkelten Beinen auf die Bettkante gesetzt und stützte sich mit flachen Händen seitlich auf. Mit gestrecktem Hals und erhobenem Kinn hörte sie aufmerksam zu. Ihre Nasenflügel bebten. Sie schien ihre Umgebung regelrecht einzusaugen. Renée Mouzon lag da und schnarchte.

«Was machen Sie denn da?» fragte Bachhauffer.

Kasper gab keine Antwort. Er legte seine PPK erneut auf den Boden, holte eine prall gefüllte Plastiktüte aus dem Safe und nahm sie am oberen Rand zwischen die Zähne. Er bückte sich nach seiner Waffe und erhob sich wieder. Die Tüte war schwer. Seine Kiefermuskeln zuckten vor Anstrengung, seine Oberlippe war zurückgezogen. Weit weg hörte man plötzlich einen kurzen, harmlosen Knall, und erst nach zwei oder drei Sekunden begriff ich, daß das ein Schuß gewesen war.

«Wohin wollen Sie mit meinem Geld?» fragte Bachhauffer.

«Machen Sie die Tür auf.»

Ich sah, daß Bachhauffer den Schlüssel in der Hand hielt. Kasper richtete die PPK auf dessen Bauch.

«Sie haben nicht das Recht, mir mein Geld wegzunehmen», sagte Bachhauffer.

«Daddys Kohle», meinte Philippine verträumt, doch niemand achtete auf sie. Kasper fing an zu brüllen:

«Das ist mein Geld! Das Geld der Organisation. Du hast nur damit spielen dürfen, und sonst nichts, du Scheißchemiker.»

Ich weiß nicht, ob er mit dieser drastischen Ausdrucksweise Bachhauffer zur Vernunft bringen wollte oder aber allmählich einfach nur die Nerven verlor. Jedenfalls hörte man von dem Chemiker eine Art Zähneknirschen, dann stürzte er sich auf Kasper und brüllte etwas auf deutsch, ich hab vergessen, was.

Kasper drückte ab. Ich sah, wie das Geschoß unterhalb von Bachhauffers Schulterblatt austrat bzw. ein Loch in seinen Arbeitsanzug riß. Der Chemiker schrie auf, Philippine ebenfalls. Im Schwung prallte er dann noch gegen Kasper, der ihm aus nächster Nähe eine zweite Kugel verpaßte. Bachhauffer fiel, schrie und klammerte sich an die Plastiktüte. Die Tüte zerriß. Einen großen Plastikfetzen hatte Kasper noch zwischen den Zähnen, und Dutzende und Aberdutzende 500-Franc-Scheine wirbelten herum und häuften sich in der Gegend wie abgegessene Artischockenblätter. Charlotte rückte immer weiter von der Wand ab, offenkundig mit der Absicht, Kasper auf den Pelz zu rücken. Ich streckte mein zierliches Bein aus, und das liebe Kind fiel der Länge nach hin.

«Lassen Sie das, verdammt noch mal!» befahl ich ihr. «Ich liebe Sie!»

Charlotte lag ausgestreckt auf dem Zementboden und sah mich mit offenem Mund vollkommen verdutzt an. Indessen richtete Kasper seine Waffe auf uns und brüllte herum.

«Sammeln Sie mein Geld ein!» rief er. «Sammeln Sie mein Geld ein! Stecken Sie es mir in die Taschen!»

«Verreck doch!» meinte ich.

Er ließ sich auf den Boden fallen. Ich dachte, er hätte einen Nervenzusammenbruch. Er tat es aber bloß, damit er seinen Gipsarm auflegen und sich mit den Fingerspitzen den neben Bachhauffers Leiche liegenden Zimmerschlüssel greifen konnte. Kasper hatte steife Finger, doch nach zwei oder drei Versuchen bekam er den Schlüssel zu fassen und stand wieder auf.

In der Zwischenzeit hatte sich Philippine Pigot unbemerkt von ihrem Platz wegbewegt. Jetzt beugte sie sich über Bachhauffers Körper und befühlte ihn. Sie führte ihre blutigen Finger zum Mund und leckte mit der Zungenspitze daran.

«Versuchen Sie nicht, mich aufzuhalten», meinte Kasper zu uns.

Er war etwas ruhiger geworden. Er hatte begriffen, daß er das Geld nicht mitnehmen konnte. Er ging auf die Tür zu.

«Mein Papa», sagte Philippine Pigot. «Sie haben meinem Papa wehgetan.»

Sie ruderte mit ihrem Arm in der Gegend herum und bekam schließlich Kasper am Knöchel zu fassen. Er machte eine Art Luftsprung und fiel fast auf die Fresse. Jetzt klammerte sich die Blinde an seinem Fuß fest. Kasper versetzte ihr mit dem Lauf der PPK einen Schlag auf den Kopf, sie stieß einen Schmerzensschrei aus und ließ los. Kasper stürzte zur Tür.

Durch die dicken Mauern und Fundamente drang gedämpft der Lärm einer Schießerei zu uns, die irgendwo im Gehöft im Gange war. Kasper war es trotz seiner steifen Finger gleich beim ersten Versuch gelungen, den Schlüssel ins Schloß zu stecken. Gleichzeitig hielt er mit dem linken Arm weiter die tschechische Pistole auf uns gerichtet, so daß sich Charlotte ruhig verhielt. Und ich Armloser wußte nicht, was ich hätte tun können.

Den Schlüssel herumzudrehen fiel Kasper schwer. Er brauchte bestimmt eine Minute dafür. Unterdessen hatte sich Philippine mit einem irrsinnigen, wutverzerrten Gesicht erhoben. Ein Rinnsal Blut lief ihr vom Kopf hinunter ins Auge. Sie ging durch das Zimmer, stieß immer wieder an die Wände und stand schließlich vor der Vitrine mit den Waffen. Sie brach die Vitrine auf, indem sie mit beiden Fäusten die Scheiben einschlug, sie schnitt sich dabei an den Handgelenken, aus denen sie nun auch blutete. Und dann, noch ehe Kasper sie sah und Charlotte irgend etwas tun konnte, hatte die Blinde auch schon das große japanische Schwert aus seiner Scheide gerissen. Sie ging, die Arme mit den scharlachroten Händen hoch erhoben und sich an den Geräuschen orientierend, die Kasper mit seinem Schlüssel machte, geradewegs auf ihn zu und ließ die große, glanzlose Klinge auf sein Haupt niederschnellen.

Ich nehme mal an, Kasper war schon tot, denn sein Kopf war wie ein Radieschen zerschnitten, als sein Finger ein letztes Mal auf den Abzug drückte. Und er hatte es sogar gerade noch geschafft, die verdammte Tür aufzuschließen. Und genau in dem Moment öffnete Kommissar Chauffard mit strubbeligem Schnurrbart und seinem Terrier-Revolver in der Hand die Tür, und ihm bot sich folgendes Bild: Charlotte hatte alle viere von sich gestreckt, Renée Mouzon schnarchte, Bachhauffer lag tot am Boden, die Blinde fiel gerade mit einer Kugel in der Lunge um, ich stand wie ein Dussel da, Kasper kippte ihm entgegen, dabei spritzte sein Hirn raus, und Chauffard bekam alles auf die Hose.

19

Diesen im Krankenhaus begonnenen Bericht schreibe ich nun zu Hause zu Ende. Nachdem Chauffard aufgetaucht war, fiel ich offenbar ein bißchen in Ohnmacht. Wegen meiner Arme oder vielleicht, weil ich mich ekelte. Ich erinnere mich noch dunkel an den Augenblick, als ich den Hof des Klosters überquerte. Ich lag auf einer Trage. In der Nähe des Tors stand ein Auto, das gegen die Mauer gefahren war und teilweise gebrannt hatte, nun aber gelöscht war. Hinten im Hof saßen etwa zwanzig bis dreißig Mönchlein und Nönnlein mit den Händen über dem Kopf im Dreck und wurden von drei Polizisten in Zivil bewacht, die ich nicht kannte; einer hatte eine Maschinenpistole. Wegen der kahlgeschorenen Leute mit den Händen über dem Kopf ähnelte das Ganze einer Szene aus einem Kolonialkrieg oder so.

Ich wurde durch das Tor und in einen Krankenwagen verfrachtet, in dem Gendarmen saßen. Charlotte stieg mit ein. Durch das geöffnete Tor sah ich Typen aus den Büroräumen des Hauses kommen, fünf oder sechs im Gänsemarsch, mit den Händen über dem Kopf, wurden von Coccioli, Haymann und zwei oder drei anderen Polizisten mit Revolvern in den Händen flankiert. Dann tauchte die kahle Chefnonne auf. Jemand stützte sie beim Gehen. Sie war anscheinend verletzt und weinte. Ich erinnere mich nicht, Gäste der Gemeinschaft gesehen zu haben. Ich glaube, später gab es von ihrer Seite vereinzelte Proteste, weil sie brutal behandelt worden waren. Jedenfalls machten die Gendarmen die Türen des Krankenwagens zu, und rings um mich verschwand wieder alles im Nebel.

Also, mit den Gewalttätigkeiten ist es nun vorbei, doch ich glaube, ich muß noch erzählen, was aus den Hauptpersonen geworden ist.

Alle Mitglieder der Gang, deren man habhaft werden konnte, sitzen derzeit im Knast, auch Lionel Constantini und die Typen, die auf dem Périphérique herumgeballert hatten und natürlich diejenigen, die man auf dem Gelände der Skopzen einkassierte, darunter auch der kleine Dunkelhaarige aus dem Forsthaus. Georges Rose ebenfalls und mehrere seiner Mitarbeiter der Stiftung Baudrillart, und sein Auftraggeber, der Abgeordnete Mauchemps. Die meisten der Mönchlein und Nönnlein wurden, nachdem sie beweisen konnten, wie schwachsinnig sie waren, wieder freigelassen und werden sich wohl in irgendwelchen anderen Sekten verpflichtet haben.

Und es laufen Ermittlungen, weil einige Beamte bei der Polizei oder einer anderen Behörde das verbrecherische Treiben gedeckt haben sollen, aber diese Ermittlungen sind bislang ergebnislos verlaufen und gehen nur schleppend voran. Chauffard und seinen Männern wurde von der Presse einhelliges Lob gezollt, und bei zwei oder drei öffentlichen Erklärungen gab es zwischen dem Innenminister und dem Justizminister ihretwegen einen bittersüßen Wortwechsel. Doch alles in allem sind sie weder belohnt noch bestraft worden.

Nicht zu vergessen Monsieur Jude und die Probleme mit seinem Kassenbestand. Drei Tage nach dem blutigen Ende dieser verworrenen Geschichte kreuzte er bei mir zu Hause auf, wo er Charlotte antraf, die dort gerade etwas für Ordnung sorgte. Er gab ihr das Geld, das er mir noch schuldete und meinte, ich bräuchte mich nicht weiter mit seiner Angelegenheit zu befassen.

«Aber Ihr Fall ist doch abgeschlossen. Monsieur Tarpon weiß, wer bei Ihnen in die Kasse langt.»

«Ich auch», meinte Jude, «und ich sag Ihnen doch, er braucht sich nicht mehr darum zu kümmern.»

Er sah sehr verlegen aus und schwitzte, wie Charlotte meinte, und danach ging er. Charlotte, die überall Böses wittert, denkt, daß die Laborantin, die unehrliche Huguette, seine Geliebte ist und er sich deswegen so eigenartig aufführte. Wahrscheinlich hat sie recht.

Nick Malrakis kehrte zunächst an den häuslichen Herd zurück. Zwischen Charlotte und ihm gab es Streit wegen seiner Jacke, der, die Charlotte mir geliehen hatte. Nick reiste wütend wieder ab. Ich glaube, sie werden sich scheiden lassen.

Für Jean-Baptiste Haymann war das alles natürlich ein gefundenes Fressen, und er verkaufte etliche Exklusivartikel über die ganze Sache. Ansonsten führt er nun wieder sein Rentnerleben in Clamart. Er kommt fast jeden Tag, um Schach oder etwas anderes mit mir zu spielen. Er hat mir China-Schach, Japan-Schach und Go beigebracht. Ich spiele das alles sehr schlecht. Haymann gewinnt laufend und bricht dann immer in triumphierendes Gelächter aus.

Ich habe mich so schnell wie möglich nach Hause bringen lassen, denn die Klinik ist teuer. Ich hatte einfache, glatte Brüche, die ziemlich leicht wieder gerichtet werden konnten. Der Gips kommt bald ab. An den Bruchstellen bleiben die Knochen jedoch empfindlich. Das ist zwar blöd, aber nicht zu ändern.

Ich denke, daß ich weiter meinen Beruf ausüben werde, muß aber künftig darauf achten, daß man mir nicht mehr auf die Arme haut, und versuchen, mehr mit dem Kopf zu arbeiten. Ich lerne weiter Englisch und lese Romane, die mir Haymann, und extremistisch angehauchte soziologische oder politische Bücher, die mir Charlotte mitbringt. Ich werde meinen Job weitermachen, doch er gefällt mir nicht. Ich hatte Ihnen doch mal gesagt, daß es bitter ist, arme Schlucker zu verfolgen, während Drogenhändler in der Nationalversammlung sitzen. Als ich das sagte, wünschte ich mir irgendeine große Sache, damit ich, vergleichbar einem Feuerwehrmann, endlich von einer höheren Stufenleiter aus Gutes vollbringen könnte. Ich hatte sie, meine große Sache, und bin trotzdem kein bißchen zufrieden.

Ich kann wieder rumlaufen und bin zweimal ins Kino und ein paarmal zum Untersuchungsrichter gegangen. Ich bin nicht dafür angeklagt worden, Kommissar Madrier getötet zu haben, und ich denke, das werde ich auch nicht mehr. Die Concierge kommt regelmäßig und bringt mir Essen. Charlotte kommt auch, im Durchschnitt mehrmals in der Woche, obwohl in letzter Zeit etwas seltener. Vielleicht gehen wir zusammen ins Bett, wenn mein Gips ab ist.

Doch momentan bin ich vor allem müde.

Jean-Patrick Manchette

Volles Leichenhaus

Série Noire

DistelLiteraturVerlag

ISBN 3-923208-43-X